信仰の現場

～すっとこどっこいにヨロシク～

ナンシー関

星海社

321

SEIKAISHA SHINSHO

目次

I

I

Big! Great! 永ちゃんライブ

平成3年10月4日
山梨県立県民文化ホール「矢《や》沢《ざわ》永《えい》吉《きち》コンサート」

何かを盲目的に信じている人にはスキがある。自分の状態が見えていないからだ。しかし、その信じる人たちの多くは、日常生活において、そのスキをさらけ出すことを自己抑制し、バランスを保っている。だが、自己抑制のタガを外してしまう時と場所がある。それは、同じものを信じる〝同志〟が一堂に会する場所に来た時だろう。全員が同じスキを持っているという安心感が、彼らを無防備にさせる。日常生活では意識的に保とうとしなければ「傾いている」と世間から非難される彼らのバランスも、その場ではその「傾いたまま」の状態で「正」であるという解放感。肩の荷をおろしたように無防備に解放されるのである。

　こういった「お楽しみのところ」に、大変恐縮ではあるが、私が潜入させていただく、というのが主旨である。そこには日常生活とは別のパラダイムが存在するはずである、という予測のもと、彼らの信仰の現場の喜怒哀楽、悲喜こもごもをお伝えできたら幸いと思っている。

気合いの入った人たちが結集！

さて、そんなこんなの記念すべき第1回目の現場は、「矢沢永吉のコンサート会場」だ。これは、しょっぱなにふさわしい大ネタであるとともに、主旨を理解していただくのにも非常にわかりやすい物件である。当然の選択、ワンアンドオンリーだ。

矢沢永吉を信じる者たちが心のタガを外して集《つど》う現場。それも、今回私が潜入したのはごていねいにも山梨県民文化ホールでのコンサートだ。何がごていねいなんだかわからないが。私は天皇が死んだ時も戦争が始まった時も、家の中で消しゴムを彫っていた人間である。3日や4日、一歩も外へ出ないことが珍しくない人間である。そんな私が「あずさ23号」なんて電車に乗って山梨へ行くということは、毎日電車に乗ることが当たり前の生

キアイの入った永ちゃん信者。これから始まる年に一度の接見に顔もほころぶ。いい人たちだ。

活をしている人には考え及ばないほどの大事《おおごと》である。私自身、一生のうちで「あずさ○号」と名乗る電車に乗ることなどよもやあるまい、とさえ思っていた。しかし、「山梨県民文化ホール・矢沢永吉コンサート」は、そんな私をも駆《か》りたてる何かに満ちていた。そこには、矢沢と矢沢を信じる人々が私を待っているはずだ。

東京駅から1時間半で甲府駅に到着。時間は5時半、もう現場では開場が始まる頃だ。私たち（私と担当編集者）は駅前からタクシーに乗り県民文化ホールを目指した。

大通りからはずれた住宅街の中にあるホールが見え始めた瞬間、私は1時間半の長旅の疲れもふっ飛んだような気がした。何故ならホールの周辺に数台のパトカーがいるのである。来たかいがあった。タクシーから降りてみて分かったのだが、別に何のもめごともないのにパトカーはとりあえずいたのである。赤い回転灯をくるくると回しながら。それはまるで、矢沢永吉のコンサート会場にはパトカーがよく似合う、という様式美を体現するためにそこに存在しているかのようである。野音のキャロル解散コンサートの熱が時を超えてよみがえるよ

すでに開場しているのに建物の外にたむろする若者。開演15分前ぐらいになると中へ入り席に着き「コール合戦」が始まる。

うだ。

山梨県民文化ホールは建物の中に施設全体が組み込まれているので、開場を建物の中に入って待つことができるようになっている。しかし、もう開場時間だというのに建物の外にたくさんの人が。その多くは、数人で揃《そろ》いの制服を着ていたり、祭りばんてんのようなものを着ていたりする、いわゆる「気合いの入った」人たちである。ま、現在の矢沢のコンサートの客というのは、半分以上7割がたごく普通の人なんだけど。しかし、あの子たちはその気合いのあまり「ロビーで並んで待ってなんかいられねぇよ」という「祭りの前」状態なのであろう。「気合い」と「待ち焦がれる気持ち」が正比例することは否定できない。

矢沢至上主義のレトリックなのか

建物の入口を入ろうとする。矢沢ルック（ストレートなシルエットの上着にタックのたくさん入ったパンツ、中は白のタンクトップか素肌、といった最近の永ちゃんの定番ルックをコピーしている）の若者が配っているチラシを見て、こりゃまた驚いた。それはよくあるイベンターからの他アーチストのライブのお知らせなどではなく、「矢沢永吉御一行様」にむけてのメッセージがつづられたチラシなのであった。「矢沢永吉を通じてめぐり逢った男達のネットワーク」という同志のグループが、自主的につくって配っているというこのチラシには、そのグループの中の4名の人が、矢沢および今回の山梨公演に対する思いを語っている。「大歓迎！　BIG BEAT御一行様」（BIG BEATはこの年のツアー名）「ようこそ！　山梨県民文化ホールへ」「40本目御苦労様です」といった、直接的な永ちゃんへのメッセージ。全文を読んでみると、「永ちゃん、今年も山梨へ来てくれてありがとう」という矢沢へのメッセージと「永ちゃんにうまい酒を飲んでもらおうぜ、みんな！」というファンにむけてのハッパ、この2つが大きな柱となっている。私はこんなチラシを見たことがない。矢沢へのメッセージを客に配ることによって、その数人の同志のメッセージを全観客からのそれにしてしまうというメカニズムが読みとれる。また、入場の際に主催者及びコンサートスタッフ側から配られた「矢沢のLIVEを最高にするためのお願い」という、会場内での注意事項が記されたチラシもまた、私が初めて見るスタイルのものであった。注意・禁止事項はありきたりであるが（でも旗やのぼりの持ち込み禁止項目アリ）、最後に「次回からもこの地区でコンサートが開催できますようにご協力下さい」の一文がある。また「矢沢永吉の権利が守られるためにも、矢沢永吉のポリシーに反する海賊商品は絶対に買わないようご協力をお願いします」というのも書いてある。

矢沢至上主義とでも言いたくなるようなこれらのレトリックは、当然レトリックだけではなく「信仰」の行動にも表れる。「いいコンサートにしたい」のは自分たちが客としていいコンサートを観たいという願望以上に、矢沢さんに気持ちよく帰っていただきたい、ということなのである。永ちゃんがライブ中のMCで「ホント、今日はサイコー」と言った時の客席の喜びようはすごかった。私はそこに「ああ、矢沢さんが喜んでくれて良かった」という安堵《あんど》感があることを感じた。

タオル投げは絶対練習している

噂《うわさ》には聞いて知っていたが、矢沢永吉とあのタオルの関係は一体何なのだろう。とにかくタオルである。タオル売り場は長蛇の列。もう、タオル持ってなきゃ何も始まらないという感じだ。最初、誰もかれもまるで儀礼のようにタオルを肩に掛けている（矢沢タオルは、首にかけるのではない。左右どちらかの肩に背負うようにダラリと掛けるのが正式）ファンを見た時、生の矢沢を観ることができない間、矢沢の代りとなる御神体なのかと思えた。実際に部屋の壁にタオルを飾り、タオルに矢沢を見て暮らしている信者もいるだろう。しかし、今日のこの現場ではタオルは更なる役割を果たす。「止まらないHa～Ha」という曲が代表的であるが、曲の決まった部分でそれぞれのタオルを頭上に放り投げるという儀式があるのだ。私は一階最後列で観ていたが、それは壮観である。大きなバスタオルを真上に高く放るのは難しい。絶対練習している。そして、いかに高くきれいに放るかをステージ上の矢沢に見せることが、同時に自分の信仰心の深さを示すことにもなるのである。矢沢に会えなかった間ぶんの信仰心をしみこませたタオルを矢沢の目前で高く放る時、それがタオルから矢沢に帰されると信じているのかもしれない。

ステージ上の矢沢は煽動《せんどう》的なMCをするわけでもなく、あくまでも音楽を演《や》っているだけだ。しかし気づいたのだが、矢沢は何度も舞台からソデへ姿を消す。曲の間奏で消えて2コーラス目が始まる瞬間に戻っては歌い出すというシーンも数回あった。矢沢本人は無意識なのだろうが、結果的にこれは無言の煽動だ。「ステージに現れる」というのは、いわば「御降誕」である。

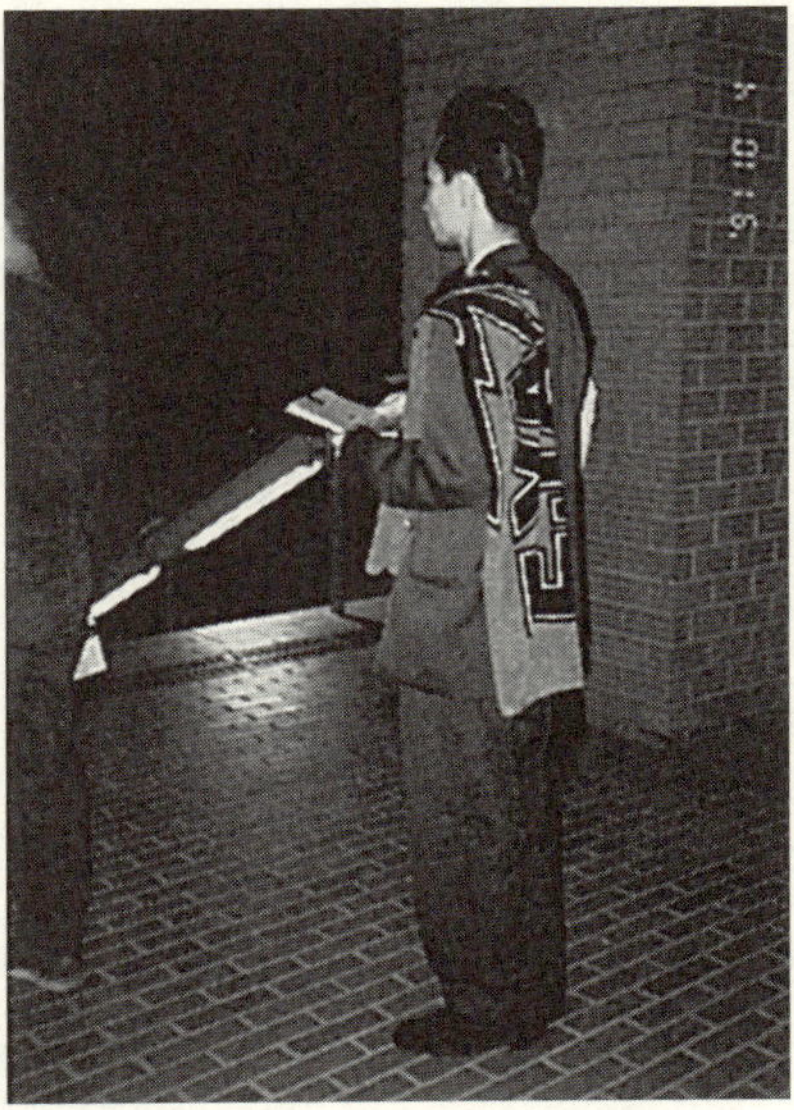

会場付近でチラシを配る有志の方々。本文中にも書いたタオルの正式な掛け方はこのスタイル。

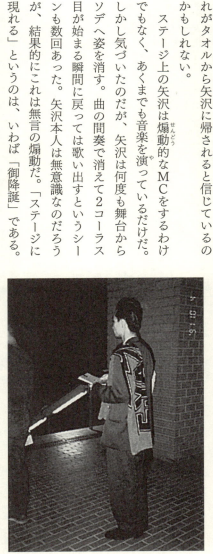

信ずる者たちにとっては、最も崇高でありがたい儀式を何度も見せているのである。もう会場は大変だ。

詳しくは知らないが、かなり規模の大きいファン組織で、全国に支部を持つ「永心会」というのがある、というのを私は以前ある雑誌で知った。この日も揃《そろ》いの制服で気合いが入っていたが、「永心会」はコンサートが終わったあと「反省会」をするらしい。彼らにとって矢沢のコンサートは単なる娯楽ではないことは明白だ。やっぱりそれは「信仰の現場」と呼ぶべき場なのだろう。

「ルイジアンナ」や「ウイスキー・コーク」も聴けて、タオルも3枚買って、満足して帰ってきた私であった。

絵本の館クレヨンハウス

平成3年10月27日
北青山《きたあおやま》クレヨンハウス

今月、私が潜入したのは原宿《はらじゅく》の「クレヨンハウス」である。

一般的には、絵本の専門店として知られている「クレヨンハウス」であるが、実際にも1階は内外の絵本がかなりのところまで揃《そろ》っている。かなりのところってどれぐらいのところだ。そして地階へ行くとレストランがあり、2階は子供向けのおもちゃと「クレヨンハウス」の価値基準による〝かわいいもの〟が集められた売り場、「クーヨンマーケット」になっている。

ここで正直に言ってしまうが、この2階までは予想通りだったのである。今回この「クレヨンハウス」を「信仰の現場」であり得ると見込んだのは、どうも世の中には「絵本」崇拝者というか「絵本的なもの」を盲信する大人がいて、私はそういう人たちをなんか偽善的で信用ならないと思っているというのがあったからである。ま、それは私の偏見かもしれないが、とりあえずこの「クレヨンハウス」はその「絵本崇拝者」のメッカであろうと思ったのだ。そしてそれは、地階、1階、2階までに関しては当っていた。この3フロアは「絵本的なもの」で埋めつくされていた。しかし、最上階3階へ足を踏み入れたところで、私はどんでん返しをくらうことになる。この「クレヨンハウス3階の秘密」は後に述べることにして、気をとりなおして本題に入ろう。

絵本崇拝のシステム

常時5万冊を揃えているという1階の〝子どもの本の専門店〟。私が行ったのは、かなりの大雨が降っている日曜日の午前中という何となく特殊な時だったのだが、それでも店内には熱心な客が20人ぐらいうろついていた。ちなみに全員大人である。ほとんどが1人で来店しているようだ。店内はとても静かである。雑踏とかざわめきといった感じが無い。

“メッカ”へ招き入れる絵本通りの目印。はっきり言ってその先は青山の住宅地でしかないけど。

店内は決して広くはないのであるが、真ん中あたりに白木のテーブルと椅子《いす》がどんと置かれている。じっくりと座って読んで選んでください、ということらしいが邪魔である。この日は40歳ぐらいのおばさんが1人（席は4～5人分ある）座って絵本を読んでいた。あと、床にべったりと座り込んで最下段にある絵本棚を一心不乱にチェックしていた30代半ばとおぼしき男性客が1人。

絵本が好きであることを公言する人は多い。好きな本をたずねられた時に、絵本のひとつもあげておけばブナンであるという風潮さえある。確かに優れた絵本というものが存在するであろうことは認めるが、私が思う「絵本崇拝」は「絵本がいい」ではなくて「絵本だからいい」という考え方が基本になっているように思う。こうした絵本崇拝者が信じているものは、作品自体のクオリティよりも絵本そのものに元来まとわりついているさまざまな概念にあるのではないか。「大人になっても子供の心を持ちつづける」だの「夢がある」だの「純粋」だの「心が安らぐ」だのと言った、絵本好きがその理由としてあげるところのこれらのフレーズは、必ずしも文章と絵による作品としての「その絵本」に対するものとは限らない。もう「絵本」だ、っつうだけでこれらのフレーズが頭の中をぐるぐる回っちゃっている感じもするし。あと、このような絵本派の人々が、かくも自信ありげに何の疑いもなしに絵本を礼賛《らいさん》するのは、絵本に一種の踏み絵的能力があると思っているからだろう。絵本の良さが分からないのはあなた自身に問題があるからだ、てなもんである。

1976年に「絵本とお茶のサロン」としてオープンしたという「クレヨンハウス」が徐々に手を広げて現在のように小物を扱ったりいろんなサークル活動の拠点としての役割を果たすようになったのは、絵本好きな人の多くが「絵本的なものならば好き」というスタンスに立っていることを証明していると思う。「クレヨンハウス」にあるものは「絵本的」という公約数でくくられたものたちである。2階のグッズショップ「クーヨンマーケット」にも、絵本好きにとっての「フェイバリット・シングス」が集められている。見渡したところ鍵《かぎ》となるのは「白木の家具」「素焼きの植木鉢」「木製のおもちゃ」「木綿《もめん》のランチョンマット」「テディベアグッズ」と見た。見事に一貫したポリシーがある。どこが見事なのか説明するのは難しいが、見事と思う心は皆さんに通じていると思う。

よく女の子は世の中を「かわいい」と「かわいくない」の2つのみで斬《き》りながら生きて行く、と言うが、これと絵本崇拝者は似ているようで全く違う。女の子は本能で判断するが（それ以外に規準を持たない、というのもある）、絵本崇拝者は計算ずくだ。これは絵本的であるかどうかを瞬時にして判断し、認めると認めないに振り分ける。たとえばいくら好きな色形《いろかたち》をしたものがあっても、それが環境破壊につながるプラスチック製品であれば絵本的じゃないというふうに。

クレヨンハウス3階の秘密

何だかこの店は全体的に甘ったるいニオイがする。観念的な話ではなく実際にニオう。そんな事はどうでもいいのだが、最初にも書いたように、この2階までは案の定であった。1階から2階へ上って来たのと何ら変わらない階段でさらに3階へ上った私を待っていたものとは何だったか。

それは「フェミニズム」であった。フロア全部がフェミニズム。2階までの絵本はどこへ行ったのか、というぐらいフェミニズム。

まず、階段を上がりきった目の前の陳列棚にぎっしりと並べられたフェミニズムのミニコミ誌（紙）の大群。「おんなの叛逆《はんぎゃく》」「Ｗｏｍａｎ Ｓｐｒｉｔ鎖をはずせ」「証言・セクシャルハラスメント」などといったタイトルのミニコミ誌が、まるで行く手をはばむかのように立ちはだかっ

入口で待ち構えるコケティッシュな椅子たち。
もはやファンタジーの世界の一話のようだ。

ている。もしかしたら、ここで2階に引き返す人もいるかもしれない。このミニコミの前を通ることができた人だけが、さらに奥の「フェミニズムの部屋」に駒《こま》を進めることができるのだ。私は取材だ。奥に進まねばならない。右に折れるとフロア全体が見渡せる。置いてあるのは本だけである。しかし、それは「女性に関する本」のみだ。

　各本棚には手書きの分類項目が貼《に》られてある。これを列挙するのが、ここの雰囲気を一番わかってもらえると思う。「フェミニズムの現在」「女性と仕事」「自分を生きる」「新しい関係・結婚を考える」「日本女性史」。こんなのがフロアじゅうぎっしりだ。マンガのコーナーもあったが、マンガとはいえ一筋縄ではいかない。仰々しくも「選書協力・小迫倫子さん」なんてただし書きがしてあって、いの一番に並んでいたのが「『有害』コミック問題を考える」というマンガじゃない本であった。そしてここにもまたフロアの真ん中に、ウッディなテイストの大テーブルがどんと置かれている。こんな四方をフェミニズムで囲まれたここで、どんな人たちが何を語り合うのかを考えると、「絵本もいやだけど、とりあえず2階に降りようかな」という気になる。

　2階までが「絵本的なものなら何でも来い」だったように、この3階は「フェミニズムなものなら何でも来い」である。何か極端だよなあ、バランス悪い。いちおう、そんな本棚の間を歩きながらネタ用のメモをとってたりしたわけだが、ハタから見たら私は単なる熱心なフェミニズムに興味がある人に見えたかと思うとどうしようかと思うが、他に人はいなかったからいいか。フェミニズム自体を否定したりする気は毛頭無いが、このような「フェミニズムの実践」の形を目のあたりにするとどうしても引いてしまう。〝徹底する〟ことは重要なのかもしれないが、やはりどうしてもバランスの悪さがひっかかるのだ。いつも思うが「運動」として「下手《へた》な見せ方」をしている。「上手《うま》く取り込む」ことが勝ちだろうと思うのは、やはり素人《しろうと》考えなんだろうか。

フェミニズムに関するうんぬんは、今日のところ置いておくとして、この「クレヨンハウス」は巨大な罠《わな》ではないのか。

若い女の子の絶対規準「かわいい」は、その中・高校時代においてどうしても「絵本的なもの」に重なってしまいがちである。その点で女子中・高生をせめることはできない。

1階の絵本に近づいて来た女の子を2階の「かわいいもの」で安心させ、3階でパクリといく。フェミニズムの意味もまだ知らないいたいけな少女を、まさに「おびきよせる」ように3階の「全《すべ》てがフェミニズムな場所」に誘導する。この建物がそういう構造になっていることは客観的事実だ。あ、これぞ「上手く取り込む」の実践なのか⁉

このフェミニズムのフロアは、「ミズ・クレヨンハウス」つうんだってよ。

「ミズ・クレヨンハウスにようこそ。わたしたちひとりひとりが、自分を生きるＨｅｒｔｏｒｙの主人公——どうのこうの以下省略」（傍点筆者）なんか「ようこそ」というさわやかな言葉なのに、ニタリと笑って舌なめずりをする山ん婆《ば》みたいなものを連想してしまって反省している私だ。

言い忘れたが「クレヨンハウス」の創始者は落合恵子《おちあいけいこ》さんである。レモンちゃんなんて呼ばれて若者のオナペットだった氏が、いつの間にかフェミニズムの担い手になっていたその経緯は、何となくこの「クレヨンハウス」を1階、2階、そして3階と昇っていくのに似ている。恐るべし「クレヨンハウス」。

ヘビー・デューティ万歳

平成3年11月29日
神保町《じんぼうちょう》さかいやスポーツ

アウトドアライフ。それは、私にとって最も遠くにある世界である。

中国へ旅行に行った時、私は貧乏旅行者の価値観について考えさせられた。4年くらい前の旅行であったが、当時の1元が約35円、物価はケタ違いに安い。しかし、ホテルのフロントなどで会った日本人バックパッカーたちは貧乏旅行を貫こうと頑張っていた。普通の部屋が1泊20元（約700円）であるのに、彼らは意地でも「多人房」と呼ばれるドミトリーに泊まろうとする。ドミトリーが8元（280円）として、普通部屋との差額は420円である。420円という金額が、大きいか小さいかは個人的な問題であるが、彼らは420円節約するためにドミトリーを選んでいるのではないのである。おそらく。その場で出会ったバックパッカー同士の会話を聞いていると、主な内容は「いかに、自分はこの旅行を安く上げるためにたいへんな目に遭っているか」の自慢話である。「どこそこのドミトリーはこんなにひどい」とか「空港で寝た」とか。

日本での金銭感覚をそのまま持ち込んで現地の人のひんしゅくを買う旅行もいただけないが、こういう過剰な貧乏旅行というのも私にはどうもうさん臭《くさ》く見える。目をつり上げて1元2元を値切っても、払うお金をヴィトンの財布から出すみたいな、ま、ヴィトンの財布を持つバックパッカーがいるかどうかは知らないけど、そんな感じを受ける。他の国の旅行者はともかく、日本人がいくら学生だと言っても100円200円を値切る切実さに現実味がともなっていないことを知っちゃってるからだ。ゲームみたいなものなんだろうと思う。

アウトドア界のスターたち

長々と前フリをしてみたが、私はこれと似た感じのうさん臭さを「アウトドア」というものからも、漠然と感じていたのである。それは、無知と偏見によるとんちんかんかもしれない。実際に、今回まずアウトドアの専門誌をいくつか集めて読んでみたり、身近にいた元アウトドア野郎からいろいろと話を聞いてみたわけだが、その結果、私がイメージしていた「貧乏系」のアウトドアもあるが、主流となっているアウトドアはものすごくお金がかかるらしいことが分かった。

日本でも流行《はや》りだしているキャンピングカーによるオートキャンプなど、私のイメージする「サバイバル」みたいなアウトドアとは全く別ものであろう。

快適で優雅なキャンピングを目指すというのが、これからは主流になっていくらしい。しかし、一口にアウトドアと言ってはいるものの、ヘビーデューティ好きというのも絡んでくると、ものすごく広範囲な話になってくる。どうしたらいいんだろう、この巨大なアウトドア野郎たちとどう渡り合えばいいのだろうと、アウトドア専門誌をながめていると、マイク眞木《まき》が連載ページを持ってるぞ。私は昔、へらぶな釣りの専門誌で1度だけイラストをやったことがあるのだが、その時、へらぶな釣り界で俳優の山村聰《やまむらそう》が有名人であることを知った。へらぶな釣りが上手《うま》いらしい。このような業界内有名人は各業界にいる。アウトドア界では、マイク眞木の他にも一時はキャンピングカーで生活していた清水国明《しみずくにあき》、黒姫山《くろひめやま》でナチュラリストを追究するC・W・ニコルなどがあげられる。

考えていてもしょうがないので現場に行ってみることにする。今月の現場は、貧乏系アウトドア野郎のメッカ、神保町《じんぼうちょう》「さかいやスポーツ」である。ここはキャンピングからワンダーホーゲルや本格的登山まで、あらゆるアウトドアギアを取り揃《そろ》え、大学の貧乏ワンゲル部員などがよく集まるという店である。神保町の交差点から歩いて7、8分だろうか、「さかいやスポーツ」はあった。

狭くて急な階段も何のその

まず、店内が狭い。建て坪が狭いというのもあるが、四方八方上から下からいろんな商品が、陳列というにはあまりに雑然と置かれている。かなり圧迫感がある。1階にはバッグ、靴、手袋、ランプといった小物、2階はシャツ、セーター、コートなどの衣料中心、3階最上階は寝袋やダウンジャケットなどの高額商品の他に燃料、ロープなどのマニアックさを感じさせる小物や食糧が。

とにかく各階とも狭い。それと、階段が狭くてかなり急である。しかしこれはあれだな。狭いとか階段が急だ、なんてのはアウトドア野郎たちにとっては、何の苦でもないわけだ。あとちょっとした隅の方に、半分梱包《こんぽう》がとけたような商品が積み上げられていたりするのも、何かアウトドア野郎はこんなところにはあまり気を遣わないんですという心意気が表れていたような気がする。

品揃えとしては、もう何に使うものなのかよくわからない物もたくさんあったし、見たこともない程にいろんな太さがズラリと揃っているロープとか、あぁこういうダウンベストはここに来ればまだ売ってたんだというような、門外漢が専門店へ来た時の楽しさを感じさせてくれる物もあった。しかし、特に2階の衣料品に関しては、マニアックさが希薄でちょっと肩すかしをくった。でもそれは、アウトドア自身の責任ではなく、渋カジのせいかもしれない。無雑作に陳列されていたネルシャツや帽子が結構おしゃれに感じられるのは、世間側の流行がこっちに来ているためにすぎないのだろう。

あと、予想はしていたがフェティシズムとの関係である。たとえばキャンプというアウトドアの中のひとつのジャンルを考えても、ものすごくいろんな物が必要な世界である。必要アイテムの多さにかけては、他の趣味（各スポーツとか、別に将棋《しょうぎ》や囲碁《いご》でもいいけど）の比ではない。これだけいろんな物を手にして選んだりしていれば、どれかひとつぐらい心の琴線に触れるものがあるかもしれないという気はする。

たとえば、ポピュラーなところでナイフマニア。これはナ

意外にカップルも多い。当然、ネル地のボトムにダウンジャケットのお揃いで来る。

イフのみを扱った専門誌もあるし、アウトドアは好きじゃないけどナイフマニアという人も居るだろうし、もはや正統派のフェチといえる。

「さかいやスポーツ」でも、3階の階段を上り切ったところにディスプレイしてあった。さすがにこればかりはちゃんと鍵《かぎ》のついたウィンドーの中に整然と並んでいた。この店の中で、〝整然〟という言葉が当てはまるのは、あのわずかなナイフ売り場だけかもしれない。

ナイフはある意味ですでに市民権を得ている分野であるから今さら驚きはしないが、今回こうして未知のアウトドア界をのぞいてみて驚いたのは「ストーブ・フェチ」の存在である。

階段途中にあるナイフのコレクション・ウィンドー。

驚くべきストーブ・フェチ

ストーブ・フェチとは、何ともインパクトのあるフレーズだが、ここでいうストーブというのは暖房器具のストーブではなく、「キャンピングストーブ」という、主にキャンプの時にガス台の役目を果す調理器具のことである。ストーブ・フェチの存在は、あるアウトドア野郎からいろいろ話を聞くうちに偶然確認された。

アウトドアを楽しむうちに、用具の方に夢中になりフェティシズムっぽい方向に趣味が変わってしまった人がいる、単にキャンプ好きだった人がそのうちナイフマニアになり、今はガンマニアになっている、などという話を聞いて、私は「あなたもナイフとか好きなのか」と質問した。するとその人は「いや、おれはストーブ好きだから」と言うのである。聞き捨てならないのでいろいろ聞いてみると、「火」を好むところから始まるらしい。だから「ストーブ・フェチ」というと何かと思うが、ライターのコレクターもたくさんいるし、ランタン好きの人も多いだろう、と言う。ライターはともかく「ランタン好き」というのも私はびっくりだが。そのストーブ好きの人は、そのあとストーブについて延々と喋《しゃべ》り続けた。もう、年に2回ぐらいしかキャンプに行かなくなったが、ストーブを見にアウトドアの店へよく行くと言っていた。今、どうしても欲しいストーブが2つあるらしい。知らないよ。私に言われても。

「さかいやスポーツ」の狭さや雑然とした感じを含めた、店のニオイみたいなものは、きっとアウトドア野郎たちにとって快いのではないだろうか。客層も思ったよりも幅広く、会社帰りのサラリーマンも多かった。ズラリと並んだロープを1本1本手にとってながめていたサラリーマン、燃料売り場を動こうとしないサラリーマン。なんか、人生いろいろってかんじがした。よくわからないが。

私もせっかく来たのだからと「ジフィーズ・キャンピングフーズ・天丼」というのを買ってきてみた。アルファー化米とフリーズドライ具による、防災食にもなるキャンプ用食品である。ごはんと具が分かれていないが、果してどんな天丼だろう。これから食べてみることにする。

客は文句ひとつ言わずに、
窮屈な階段を黙々と昇る。

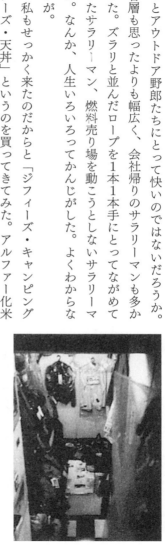

『男はつらいよ』と幻の庶民

平成3年12月23日
浅草《あさくさ》松竹劇場

テレビ局に抗議の電話を掛ける人、お気付きの点を製造元に電話する人。確かに存在するのだろうが、どこにいるのか見たことのない人というのがいる。幻の庶民と呼んでいいかと思うこうゆう人たちであるが、「寅《とら》さんの映画を観なければ正月が来ないという人」もまた、私にとっては「幻の庶民」である。

私自身、「男はつらいよ」を1本通して観たことがない。映画館ではもちろんのこと、ビデオやテレビでも無いのだ。友人知人にたずねてもみたが、子供の頃1回だけ映画館で観たことがあるという人が1人いただけで、あとは私と似たりよったりの寅さん経験である。私の周辺はあきらかに「寅さんが観られていない世界」である。「寅さん無視世界」と言ってもいい。しかし、「お正月」という日本人にとって最も重要な行事（もはやアイデンティティと呼んでもいいかもしれない）を、来るも来ないも寅さん次第と寅さんに預けてしまっている人がいるというのだ。「寅さん無視世界」に住む人間にとって、そんな「寅さん支配世界」の住人はまさに幻の庶民。私は彼らに会ってみたい。

競馬のない休日の浅草だった

というわけで、今月は正月映画「男はつらいよ　寅次郎の告白」公開初日の浅草松竹に行って来た。公開初日に開館を待って寅さんを観る人たちとは誰なのか。寅さんはどんな人たちにお正月を運んでくるのか。興味は尽きないっすよね。

天皇誕生日のこの日、私と担当編集者は朝9時に浅草《あさくさ》・神谷《かみや》バー前で待ち合わせた。浅草へは何度か来たことがある。休日の午前中というシチュエーションで来たこともある。しかし、浅草へ向かう地下鉄の車内から私の知っている雰囲気とは違っていた。そう、この12月23日というのは〝競馬のない休日〟という特殊日なのである。これまで私が何度か乗った〝通勤ラッシュ〟のない朝（要するに土・日）の浅草方面行き地下鉄や、浅草の街は、競馬新聞と赤えんぴつを誰はばかることなく手に持ち、何のてらいもなくウインズ浅草を目指す競馬客が休日午前中の賑《にぎわ》いをつくり出していたのである。神谷バーとウインズは徒歩15分ぐらい離れているが、〝競馬のない休日〟の影響はやはり浅草全体を包み込んでいたのではないか。何か変だ。気のせいかもしれないが競馬さえあったら何の違和感もなく場外馬券場の人となるような人が手持ち無沙汰《ぶさた》でうろうろしているのが目につく。と、ここで、今日の現場に何故浅草を選んだかを説明したい。はじめは銀座《ぎんざ》か新宿《しんじゅく》の大型館がいいのではないかと思ったのであるが、調べたところ大型館では初日舞台あいさつというのがあるのだ。それでは後藤久美子《ごとうくみこ》目当ての客が混ってしまい、純粋な「幻の庶民」の姿が希薄になってしまう。するとが然浮上してくるのが浅草である。地元といってもいい土地柄、寅さん信奉の度合は高いと予想される。というわけで、我々は迷うことなく浅草に決めたのだ。

そんなこんなで我々は、浅草松竹へ向かった。国際通りから六区映画街に入ったところで、私は早くも寅さん支配世界の住人とはまた別の「幻の庶民」を目撃する。道の角でばったりと出くわした50歳ぐらいの男性2人が「あれ？　シンちゃん、今日はどうしたい」「ちょっとぶらっとね、映画でもみるかと思ってさ」「映画かあ、何よ?」「んー、何かやってんだろ」という会話をしている。映画街と呼ばれる所は他にもあるが、この会話が交わされるのは「繁華街」でありながらその街を「地元」と呼ぶ住民をも抱えている浅草でしか成立しないのではないか。何を観るか決めずに映画を観に行く、まさに「ぶらりとちょっと映画でも」という生活形態は、少なくとも私にとっては幻の庶民である。

シニア料金、フル回転だ

しかし、地元というのはいくら50男になろうが「シンちゃん」は「シンちゃん」なんだなあ、とか思いながら六区映画街を進んで行くと、いよいよ浅草松竹が見えてくる。開映まではまだ30分以上あるが、どうだろう。映画館の前には長蛇の列ではないか。一刻も早く寅さんを見たいと切望する幻の庶民が群れをなしている。私は、かつて矢沢永吉のコンサート会場の前にパトカ

開映は10時10分。50人位の行列が出来ていた。競馬のない休日のせいか労働服姿の中年たちが、小走りに列に加わる。

ーがいるのを発見した時とよく似た嬉《よろこ》びを感じた。実は事前に浅草松竹に「初日って行列できたりしますか？」と訊《き》いたところ「そんなことはない」というつれない返答をもらっていたので、あまり期待していなかったのである。地下のもぎりの前から階段を通り路上まで続いているその行列の最後尾に並ぶ。私は映画館が開くのをこうして並んで待つことも初めての経験である。

間もなく客入れが始まったようでゆっくりと列が前に進み始めた。係の人が「前売りをお持ちの方はこちらへどうぞ」と誘導をしている。列を抜けてそっちから入って行く人が数名いたが、〝行列を尻目に――〟って感じで何かカッコいいなあ。あー、前売り買っとけば良かった。あ、しかし、「前売りを買って寅さんを待つ」というのも、こりゃまた幻の庶民だなあ。ああゆう人だったのかなるほど。それにしても、この行列の進み方はのろい。何やってるんだろう。その謎《なぞ》は、チケット売り場が見えるところまで進んで判明したのだが、客に年寄りが多いため、お金のやりとりにすごく時間がかかっていたのだ。料金表を見ると「シニア1000円」と60歳以上は最も支払いやすい料金に設定してあるにもかかわらずである。これが1700円なんて半端がついていたら、ぞっとする。

やっと順番がきて、チケットを買って中に入る。座席数約400ほどの館内は8割ほど埋っていただろうか。まだ開映まで20分程度ある。私は中央の最後列という、館内を見渡しやすい席に座り開映を待った。そうしているうちにも、私のすぐ後ろの入口からは人がどんどん入ってきて、あっという間に座席は埋り立見まで出ている。それにしても客の年齢層が高い。平均50歳くらいか。一番多いのは熟年夫婦のカップル。お父さんは大抵ジャンパーを着てる。何か館内、テンション高いぞ。ざわざわしてて、何か少しでも刺激を加えるとものすごい反応が返ってきそうな予感がするとでも言おうか、映画というよりもコンサートやライブの開演前の感じだ。ブザーが鳴っていよいよ開映だ。しかし、まずは併映の「釣りバカ日誌4」が先である。

狙《ねら》った笑いが全てツボに入る

すごい。もう狙った笑いが全部ツボに入っている。ウケるのウケないのってもう。私はこんなに爆笑している映画館をかつて見たことがない。それも、その笑いというのは洋画のコメディの観客が「オレはこのギャグわかったぜ」という意思表示のために見せる斜《しゃ》に

前売りを手にした中年の夫婦づれが多い。お年寄りが多いせいか入口の進み方が異常に遅いのも、寅さんの現場ならではは。

かまえた笑いではなく、「爆笑」である。ヒーヒー言って笑ってる人までいる。振ったギャグが小気味良いほど全て引っ掛かっている。爆笑の上に爆笑が重って、明らかに館内のテンションは上がっていき、私も西田《にしだ》敏行《としゆき》が「白い蝶《ちょう》のサンバ」を唄《うた》いながら裸踊りをする無意味な場面では爆笑してしまった。多分1人で観ていたら笑わなかったはずだ。

爆笑のうちに「釣りバカ」が終った。資料のパンフレットを買おうとロビーへ出ると人でごった返している。自販機の前など行列だ。やっぱり平均年齢50歳だ。でも小学校高学年の男の子3人連れもいる。通りすがりに話し声を盗み聞くと〝源公が――〟とか言っている。ゴクミファンかと思っていたら違うみたいだ。

いよいよ寅さん。客はさらに増えて通路に座っている人までいる。相変わらずテンションは高く、反応は過剰だ。寅さんが最初にアップになった時に館内がどよめいたほどだ。が、しかし、寅さんというか「男はつらいよ」は全然おもしろくない。ストーリーも凡庸だし、ギャグも少ない。「釣りバカ」で客が熱くなっていたから爆笑も回数こそそれなりに取っていたが、爆笑としてのレベルは「釣りバカ」に及ばな

観客の期待の渦が、目に見えそうなほど。テンションの高い客席。立見もちっとも苦にならない感じだ。

い。私は最後まで観るのが苦痛なほどつまらなかった。すぐ横の通路にしゃがんで観ていたおばさんに席をゆずってロビーに出てタバコでも吸おうかと思ったもんだ。ま、そうこうしているうちに終ったわけだが、エンドロールが終ると、出口へ向う客と次の客とで館内はちょっとしたラッシュである。多分次の回も超満員だっただろう。

帰途につく人たちは明らかに満足顔だ。寅さんは、この人たちにお正月を運んで来ていたのか。公開初日に寅さんで笑い納めをする「幻の庶民」は確かにいた。それも、あんなにたくさん。彼らにとって、映画の出来など関係ないのかもしれない。ありきたりな言い方だが、初日に映画館に足を運び確かに〝寅さんで笑った〟という事が重要なのだ。

最後に、今回の「男はつらいよ」は公開日が発表されていた21日（土）から2日延期となっての23日公開だった。この延びた2日間をあの「寅さん支配世界」の人たちはいかに過したのだろう。延期を知らずに21日の朝に浅草松竹に来た人はいなかったのだろうか。日本人の正月を左右する映画〝寅さん〟に限ってそんな不手際はなしにして欲しい。

劇団ひまわりの子役たち

平成4年1月26日午前9時
恵《え》比《び》寿《す》西《にし》『劇団ひまわり』

青森で生れ育った私は、児童劇団というものの存在すら認識していなかった。それが普通の田舎の子供だ。でも、友だちの中に、今考えれば「ハイソ志向」な女の子がいた。別に金持ちではないのだが、何となく〝目指すところが違う〟という気は子供心にしていた。そのコはバレエとピアノを習い、時々標準語を喋《しゃべ》って、「ちょっと変なコ」扱いされていた。そのコがある日「東京に生れていたら劇団に行ったのに。そしたらテレビに出れたのに」と、劇団のない田舎の地に生れたことを心底嘆くように言ったのを憶《おぼ》えている。私は「へぇー、劇団かぁー」ぐらいにしか思わなかったけれども。

あれから20年。私にとってはいまだ「謎《なぞ》」である「劇団」に、ついに潜入する時が来た。それも、多くの名子役を生んだ名門「劇団ひまわり」である。行くぞ。しかし、取材許可は取っていない。取材申込みさえしていない。この連載の初回「矢沢永吉コンサート」を、キチンと事務所通しの正攻法で取材して、あとでチェックの嵐に会いひどい目を見た我々は、今後一切「取材は無許可ゲリラで」という方針を固めているのだ。中に入れないのは辛いが、原稿直されるよりはマシだ。というわけで、ひまわりの入口で張り込みだ！

1月26日日曜日朝9時、私と編集者は恵比寿《えびす》駅前で待ち合わせた。夕方に貴花田《たかはなだ》が初優勝を決めた、あの日曜日の朝である。

事前に、「子供を〝ひまわり〟に入れたいと思っている親」の立場でもらうことのできる資料を入手し、そこからこの日のカリキュラムを調べたのだ。

母親が光りモノだと、子供も……。

子役というのにはどうしても、〝フリークス性〟が見え隠れする。映画やドラマでいい役をもらうような優秀な子役は、そのフリークス性を嫌悪されない何かに変換させる能力を併《あわ》せ持つことも不可欠なのかもしれない。しかし半素人というかハンパな子役は目も当てられない。そのいい例が「ちびっこのど自慢」に出てくる子供だ。あの子供たちから受ける生理的不快感は、子役の含有しているフリークス性のエキスみたいなものであろう。

しかし、それを知ってか知らずか、我が子を「そうゆうもの」にしたいと願う親がいる。日曜日の朝9時30分から始まる「児童専科」に集まる「子役志願の親子」とはどんな人たちか。美空《みそら》ひばり母娘や宮沢《みやざわ》りえ母娘のように、強烈なオーラを発しながら芸道一筋につき進む親子が何十組も集まって来ているのか、それとも——。はやる気持ちを抑えて、ついに私は「劇団ひまわり」の前に来た。

まず、ひまわりの入口に吸い込まれていったのは小学3年生ほどの男の子2人連れである。特別なところは何もないジャンパー姿にこれまた小学生がよく持っているようなバッグを持って、適度な元気さで中に入っていった。なんだ、これじゃあ私の通っていた習字教室に来てた子供と一緒じゃないか。次は、同じく小学生の女の子3人組だ。特別かわいいカッコをしているわけでもないし、かわいい顔をしているわけでもない。また習字教室へ入るのと同じ感じでひまわりに入っていった。

これは困った。だいたい、親同伴で来るものときめつけていた私のもくろみはどうなるのだ。芸道一筋のオーラや、子役フリークスや、ハイソ志向はどうしたのだ。しかしまだ授業開始までには時間がある。気を取り直して張り込みだ。

ついに親子連れがやって来た。小学校低学年の娘とお母さんだ。しかしなんだ、なんか貧乏臭い。〝ハイソ〟とは無縁なかんじだ。でも9時15分をすぎたあたりから、うようよという感じで登校ラッシュが始まった。噂《うわさ》にきいていた車による送迎も次々と姿を見せた。集まってくる「子役志望」は本当に種々雑多である。見た限りでは、全体の6割が母親同伴だが、これがまた面白い。子供の服装には、本当に母親の趣味がモロ反映している。母親が貧乏臭いと子供も貧乏臭いし、母親がコンサバなら子供もコンサバ、母親が光りモノ着てると子供も光りモノ。1組母娘で毛皮つうのがいた。

せっかくの日曜日を、車中で過ごす父

母子たちは入口すぐにある待合室のようなところで時間が来るのを待つことになっているらしい。入口の張り込みに飽きてきた私は勇気を出して建物の中へ入ってみることにした。私も29歳。小学生の子供がいてもおかしくはない歳である、って言ってもおかしいが。でも、シレッとしてりゃあわかりっこない。入口からのぞいたところ、待合室のあたりは、子供走り回るし、お母さん立ち話するしで雑然としている。私はカメラを手に、何気なく中へ入った。

こりゃ平気だ。掲示板の前の人垣をかきわけて最前列に行っても平気。じっくり掲示板

を見たら、「ギャラ支払者一覧表」なんてのも貼《は》り出されている。これは一種の成績発表なわけだ。何枚かそのへんを写真撮っても平気。ちょっと奥の方までブラブラしてきたりしても平気だった。でも、雑然としているもんで何も参考にならなかったけど。

外へ戻ると、建物のまわりに路上駐車している車がすごく増えている。可能なところはびっしりというかんじだ。そう、車で送ってきたお父さんは、こうして子供の授業が終るまで車中で待っているのだ。これはすごい。

お母さんと子供は中に入り、お父さんは待機。八王子《はちおうじ》ナンバーのクレスタに残ったお父さんは、おもむろに弁当を食べ水筒からお茶を飲み、あとは昼寝だ。川崎《かわさき》のルーチェも千葉のユーノスも、横浜《よこはま》のスターレット、練馬《ねりま》のスペクトロンもみんな路上駐車。お父さ

上＝おばあちゃんが置物と化した栃木シビック（右）と、トレンチコート父さんがレディファーストの品川ポルシェ（左）。
下＝9時頃には到着した八王子のクレスタ。手弁当の朝食をすませて、習慣のように昼寝する父。

ん車中留守番状態。栃木ナンバーのシビックなど、お父さんとお母さんが娘についていってしまい、車の中にはおばあちゃんがぽつんと置物のように座っているというのもあった。おばあちゃんまでつき合わされちゃって、と思っているともっとすごいのがいた。

八王子ナンバーのタウンエース。これは「家庭」そのものを移動させていた。車の中はクッションやら枕《まくら》やらいろんなものがつめこまれ、7人の小人のぬいぐるみが飾られ、お父さんは運転席で新聞を読み、お母さんは後ろの方でゲームボーイをしている。ひまわりに通っている子供の弟とおぼしき幼稚園児はお母さんのまわりをゴロゴロと転げ回っている。全ての窓を締め切ったせまい空間に流れる空気は、八王子の自宅のものとつながっているに違いない。路上ではあるがそこは家で、お姉ちゃんの帰りを家族で待っている。それが、あの一家の毎週日曜の過ごし方なのだろう。

情操教育のためか、将来の見返りか

せっかくの日曜日を、路上駐車で犠牲にしてしまっているお父さん。いや、一緒に中に入っていたとしても、子供の授業が終わるまで待合室で座っていなければならないお母さんもであるが、その犠牲はどんな報いを前提としてのものなのか。このところの、いろんな児童劇団のうたい文句は「情操教育のために劇団に入れてみませんか」である。しかし「自分の子だけはグレたりしない」と思うのが親の常であるなか、「良い子に育つ」という抽象的な成果のためだけに、あんな犠牲を払うとは思えない。

だからといって、子供を金ヅルにひと山当てようとしているのかと言えば、そうも思えない。情報過多の今の世の中、盲信することは昔ほど簡単ではない。だったら何が「報い」となるのだろう。私が思うに、具体的報いはないのだと思う。「子供を劇団に入れている」という状態が気に入っているんだと思う。そしてまた、子供を劇団に通わせるために犠牲を払っている自分が好きなのだ。

「劇団に通う」という行為は、どのランクの生活をする家庭にとっても、ある意味平等に特異である。金銭的な面も含めて（何

上＝レオタード姿の娘の登校を記念写真に収めるお父さん。
下＝お揃いの毛皮で入ってゆく母娘は、将来の宮沢家か。

だかんだ言いながら入所時には50万円くらいかかる）どの程度の犠牲でどれだけの快感を得るかは、ほんとにさまざまだ。あのタウンエース一家の犠牲と、授業開始ギリギリに品川ナンバーのポルシェ（真っ赤）を入口前につけ、運転席から皮のトレンチコートをベルトまでしめてぴっちり着込んだお父さんが降りて、助手席の娘（小2くらい、可愛《かわい》い）にレディーファーストってかんじでドアを開けてやり「行ってきなさい」「ハアーイ、パパ」なんつって送ってから、ポルシェでブォーとか立ち去って行ったあのお父さん（本当にいた。ちょっと笑った）の犠牲は、確かに違う。でもどちらの快感が大きいか、報われたと感じているかは、当人にしかわからない。ま、どっちでも結構しあわせなんだろうが。

　そりゃそうと、あのポルシェのお父さんは朝の9時半から皮のトレンチでどこに行ったのだろう。

「笑っていいとも!」お昼休みの魔術

平成4年3月6日正午
スタジオアルタ「笑っていいとも!」公開生放送

長寿番組の〝備品〟になる

いやあ、人間生きてると何があるかわからないものである。私も30を目の前にして、よもや「笑っていいとも!」を見にスタジオアルタへ行く人生を歩むことになろうとは。何だか言っていることがよくわからないが、とにかく今月の私は新宿アルタに「笑っていいとも!」の公開生放送に行ってきたのである。

放送開始から10年以上たつ、今や堂々の長寿番組と言っていい「笑っていいとも!」。ある時期には「タモリが降りるらしい」という噂《うわさ》が定期的に流れたり、内容に関する賛否も言われたりしたが、ここ2〜3年、完全な安定期に入ったと思われる。

もう、そこに「在る」としか言いようのない状態。私も何だかんだ言いながら週に3日は「笑っていいとも！」を見てしまうような生活を送っているわけだが、もう、たとえばあの極彩色のセットが毎日組み立てられてはバラされているなどということが想像できなくなっている。あの番組が「つくられている」ものであるという気がしなくなっているのである。誰も何もしなくても、お昼になればあの番組は「存在」し出すように思えるのだ。言ってみれば、アルタという場所には「笑っていいとも！」が住んでいて、毎日1時間だけその日常生活を中継しているとでも言おうか。文京ケーブルテレビというところには、とにかく一日中東京ドームを映している（中で何もやっていない時及び中を映せない時は外観を延々と映している）チャンネルがあるというのをきいたことがあるが、それとも相通ずるものがある気もする。

そして問題はあの「客」である。番組中に流れる「観客募集」のテロップは、確かにあの客たちはそれぞれの生活の場からあの1時間のために三々五々電車やバスに乗ってアルタに集まった個人の集合であることの証拠なのであるが、テレビの画面を通すとあの150人の客もまた「笑っていいとも！」の備品に思える。

私は、そのお客さんたちを見てみたいと思った。人間を備品へと変換させる構造がスタジオアルタ、いや「笑っていいとも！」にはあるに違いない。

まず、しょっぱなからやられた。「笑っていいとも！」を見に行くのは、ものすごく難しいことだったのである。ふと思い立ってハガキを2〜3枚（10枚でも同じだと思うが）出したって当るもんじゃないらしい。特に今回はうかつにも春休み中ということで、当らないこと当らないこと。休みの期間中は、地方からのハガキ応募が増える。当選のついでに東京旅行をするらしい。ディズニーランドとか行って。ま、ラチがあかないので番組取材という形で入れてもらうことにした。今回ばかりはしょうがない。

思ったことは、口に出して

3月6日金曜日。一般の客入れは11時半からなので11時15分までに関係者受付に来るように言われた我々は、ギリギリの時間にアルタへ着いた。アルタ前というのは待ち合わせのメッカでもあり、常時人混みの絶えない場所柄ではあるが、一見して人だかりがしている。この日の出演者は、タモリ、さんま、峰竜太《みねりゅうた》、林家《はやしや》こぶ平《へい》、早坂好恵《はやさかよしえ》のレギュラーと、テレフォンショッキングが浅香唯《あさかゆい》である。とっくに11時を過ぎたその時間には、タレントはすでに中に入っているだろうに、人だかりは去ろうとしない。アルタを見つめて立っている。この中にさんまがいるのね、ってことなのだろうか。

その人だかりを通り抜けてエレベーターに乗り7Fまで昇った。エレベーターの扉が開いた途端、エレベーターの箱の中にいるままでチェックが行なわれる。誰でも乗れるエレベーターであるがゆえ、全てはここでチェックするしかないのだろう。かなりちゃんとしたところまで説明しないと、その警備員はそこをどいてはくれない。やっと許しが出てフロアに降り、受付で名簿との照会と注意事項を受けてから10分ほど待って、一般の客入れと同時に別のドアからスタジオ内へ入る。

入ってくる客は9割以上が女性だ。さまざまである。ヒステリックグラマーのスタジャンを着た専門学校生ふうの女のコもいれば、どこから見てもOLってのもいるし、50すぎのおばさんグループもいる。他のどんな公開番組よりも、客の特徴づけができないかもしれない。この人たちをくくる言葉があるとすれば「庶民」というのが最適だろう。

全員が席に収ったのがだいたい11時45分ごろ。そこからスタッフ（AD）による前説もどきの諸注意説明がはじまる。タゴとかいう名前のそのADは、タモリがよく番組の中で「へんな前説」として話のネタにするやつである。その人は本当に「へん」で、普通ならば

ステージ裏にはテレフォンショッキング用の花輪。全てのセットはCM中突貫でチェンジ。

「キモチわるい」ということで、いわゆる客が引いてしまうレベルの「へん」な人だ。しかし客は決して引かなかった。そして、ここで引かないことが、それからの1時間がいつもと同じテンションでいけるということをもすでに決定づける重要なポイントだったのである。今考えればの話だが。

客は、スタジオに入って席についてからわずか15分ほどで本番を迎えることになっている。その15分のうち14分30秒まで、すなわち11時59分30秒までは、そのADがステージ上にいるのである。ADは、私が予想していたより、はるかに具体的に客を指導した。一番おどろいたのは「思ったことは即、口に出して表してください」というくだりだ。

皆さんもそうだと思うが、「笑っていいとも！」の客席は反応が過剰であるとつねづね思っていた。おもしろくもないことに大笑いするという点に関しては、もはやどうとも思わないが、「うんうん」とか「え——っ!?」とか、喜怒哀楽のすべてを文字通り声に出して表現するという傾向は、若い年代の日常生活にはないはずのものなのに、と。

あの客席に座るとそうなってしまうという巧妙なメカニズムがどこかに潜んでいるのではないかとさえ予測していたのであるが、こんなに直接的指導がなされているとは知らなんだ。

時計は11時55分を回っている。ステージ上では例のADが、少しの間もあけずに喋《しゃべ》りつづけている。このADが受けもつ14分30秒というのは、全ての注意事項（指導事項も含む）を出来る限りの早口で喋り終えるまでに所要する最低時間らしい。

客席では化粧を直している女が本当にいた。

11時59分をすぎたところで「ハイ、では本番まで1分切りましたんでね。ワールドボーイズでーす」の声を最後にADは客席最前列中央の番組中定位置に下り、上手のセット入口からワールドボーイズ（アシスタントの2人組）が走って出てきた。さっきのADの「1分切りました」という一言で、客席にはざわめきが広がり明らかにテンションは急に上がった。もう何が起きても、驚くぐらい過剰な反応を示す態勢に入ってることが手にとるように分かる。ワールドボーイズも悲鳴のような歓声で迎えられ、何か聞きとれないことを客席に向って叫び、残り数秒というところでバック転を切った。着地して体勢をととのえた瞬間「カチカチカチ」という歌い出しのためのカウント音が響き、正午の時報とともに「おひるやーすみはウキウキウォッチング」と踊り出す。そしてタモリが姿を現すのである。

テレビで学習してきているのだ

正直いってここまでの流れに、私は感服してしまった。毎日テレビを見ていると、このタモリが登場する瞬間の会場のボルテージというのは不思議なのである。中年の小男に「ギャーッ!!」とまで叫んで熱狂する瞬間とは何なのか。しかし、客入れから番組開始までの15分という短さ、一切間《ま》というものを設けずにまさに本番に突入するように時間配分された段取りはシステマチックでさえある。それに重ねて、「思ったことは口に出せ」という指導は心のタガを外す免罪符となり、番組中に訪れる数々のシチュエーションに対して、客はすでに昨日までのテレビ視聴で対処のノウハウを家庭学習してきているのだ。「ギャーッ!!」と言わせられるべくして、言わせられているのである。

ハガキによる抽選という作為なしの方法で毎日集められている150人が、画面で見たときにほぼ同じテンションで平均していて、それゆえか、「いいともの客」という共通のテイストさえ醸《かも》し出しているということは、偶然ではない。ハガキによる抽選というシステムには確かに作為は介在しないが、それ以前に「笑っていいとも！」を見たいと思ってハ

30 分の後説サービスのあと客退出。ほとんどは一度きりの「いいとも」観賞だという。

ガキを何枚も出したりするような人のハガキしかこないというあまりに単純な事実が全ての基本になっている。この基本さえ持ち合わせている１５０人なら、どんな１５０人でも「いいともの客」として15分で教育できることになっているのだ。

　しかし、汲《く》めども尽きぬ泉のごとくとでも言うんでしょうか、そんなに「笑っていいとも！」を見たいと願う人がひきも切らないとは。毎日毎日１５０人。世の中に、人ってすごくいっぱいいるんだなあ。なんだそれ。

自分を撮るフリをして後ろの客を撮ってみた。
絵に描いたようなウキウキ状態の女性客。

ゾロ目マニアを探せ！

平成4年4月4日4時44分
JR四《よ》ツ谷《や》駅

信仰にふさわしい苦境へ

なぜ人は、規則正しく並んだ数字をうっかりと見過せないのだろう。それが何かのためのナンバリングであろうが、日付や時間であろうが、電話番号であろうが、数字が2つ以上並んでいたら（1つでもだな）無理矢理にでもその自分の手にした数字の配列に、何かの特別性を発見しようと努力する。無意識のうちに。ゾロ目や続き番号なら文句なく満足するし、8は末広がりだ、ラッキー7だ、3は長嶋《ながしま》の背番号だなどと、どんどん納得の幅を広げていく。そのうち並んだ数字を足したり掛けたりなんかして、カブだ！　とかあきすとぜねこだとか強引なことをしはじめ、しまいには「41310《ヨイサトー》」なんて無意味なゴロ合わせをはじめる。人間の性《さが》なのだろうか。

今年には、平成4年4月4日があることに気づいたのは3月の末のことであった。このページのネタを考えあぐねている時だったので、私はこの発見にとびついた。平成3年3月3日以来のゾロ目。平成3年4月5日の続き目から約1年振りの「数字配列マニア活動の日」なのではないだろうか。

数字が並ぶところに何故か発生する、配列の特別性の信仰。その中でもダントツの支持を得る〝ゾロ目〟の威力。その力に吸い寄せられるように、数字配列マニアはどこかへ集結するはずである。今月の現場はそこにしよう、と私は決めた。

さて、そこはどこなのか。オーソドックスに考えれば、このような〝特殊日〟には必ずニュースネタとして登場する「中央郵便局」であろう。きちんと専用の窓口を設け、日付スタンプ押しのサービスをしてくれる様子は、それを求める長蛇の列とともにニュースのなごみネタとして何度も目にしている。しかしその光景からは、マニアの発する「求道」や「艱難《かんなん》辛苦」、そして「自虐性」を感じ取れない。郵便局が至れり尽せり用意した「サービス」に列を作る人たちの笑顔はほのぼのとしているだけである。辛苦の量をもってその深さとする、それが信仰ではないのか。私は、もっと〝信仰〟の名にふさわしい苦境を探した。

考えに考え、私が選んだのは「平成4年4月4日4時44分四ツ谷駅」である。最近、時刻も刻印されるようになった（JRのみ）この切符は、おそらく公共のものでは最多の4が並ぶものであろう。それも「4時」とは早朝というか夜中の4時である。夕方は「16時」になるからだ。問い合わせてみると、始発は4時39分からだと言う。4時44分に四ツ谷駅に居るということは、前日から四ツ谷近辺に居つづけるか、もしくは電車以外の交通手段で駆けつけるかのどちらかということである。4が7つ並んだ切符を手に入れるために、そんな苦労をする。まさに「信仰」と呼ぶにふさわしい苦行である。私もつらいが、行ってみることにした。

券売機までナイト・トリップ

しかし、本当にその時間にその切符を求めてそこに来る人がいるのかどうか全く判断がつかない。こんなに見通しのきかない事は初めてである。そもそも「ゾロ目月日の切符」に価値アリとするマニアが形成する世界が存在するのだろうか。年月日はともかく、始まって日も浅い「時刻」にまでこだわるマニアなんているのだろうか。そのうえ「四ツ谷駅」というのは、いってみればダジャレである。4が7つ並ぶといってもそんなJRの券売機で発行する切符なんて私の単なる思いつきで、仮に「日付刻印マニア」がいたとしても、その人たちにはもっと絶対的な定番があるのではないか。たとえば青山《あおやま》の紀伊國《きのくに》屋のレシートに限り、平成1年2月3日4時56分のスタンプはマニアの間で20万の値がついているとか。そんなこと考えはじめたら結構不安なもんで、担当編集者には同時刻東京駅に行ってもらうことにした。東京駅は鉄道の基本だからな。何の押さえにもなってないすね。

　カメラと財布をコートのポケットに入れて、午前3時半に家を出た。外へ出ると、埼玉方面まで客を乗せて行き都心へ帰る空車タクシーが洪水のように走っている。タクシーはすぐにつかまった。1時間で着きますよね、ととりあえず確認してみると「大丈夫ですよ」と言われたので安心してうとうとしてたら、道空いてるもんで30分で着きやがんの。運転手さんは早く着いたことに得意気で「さすが空いてると早いでしょう。30分ですよ」とうれしそうだったが、

4時44分を示す東京駅の時計。取材スタッフの緊張は絶頂を迎えたが、周りはスキー客だらけ。

何もない四ツ谷駅に降ろされた私は40分以上の空き時間に途方にくれた。

4時30分。やっと駅のシャッターが開きあかりがついた。でも始発までまだ15分以上あるせいか、人の姿は見られない。しばらく駅の前で様子を見ていた私は、4時半になったところで階段下にある券売機へ向った。

ぽつりぽつりと人が来はじめる。サラリーマンや、大学生、5人ほどの主婦グループ（50歳ぐらい）も来る。しかし、誰も「4年4月4日」のスタンプに気づく人はいない。みんな、たまたま四ツ谷から乗る夜遊び帰りの人ばかりだ。ホームからは始発が出たようである。いよいよ4時40分を回った。何がいよいよだ。しかしそれらしき人はいない。ごく普通に切符を買い、自動改札を抜けてホームに降りて行く。やっぱりこの取材は私の思い込みだけで走ってしまった徒労だったのか、と思ったら、来た。

その男性は券売機から少し離れて立ち、左上にある時計を見た。駅の時計は4時41分を指している。おもむろにポケットから千円札を出し切符を1枚買って、それをしばらくながめている。そしてもう1度時計を見上げて券売機から離れた。近くにあった、イオカードについてのパンフレット

四ツ谷にもスタンプを気にする人は誰もいない。

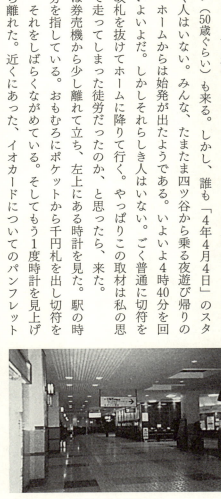

を取って読んでいる。明らかに「待って」いる様子だ。

ついに4時44分！

ついに4時44分。その人は、さっきと同じ券売機に小銭を入れた。120円のボタンを押し、出てきた切符を見て今度は右隣の券売機でもう1枚120円切符を買った。そしてその切符を確認し、同じところでもう1枚切符を買ったのである。私はそれを券売機上の料金表を見るフリをして横目で見ていたのだが、そのまま券売機を立ち去ろうとするその人を見て私もあわてて切符を買った。改札の方へ向ったからだ。しかしその人は改札の前を素通りして出口へ向っている。私は焦った。しかし私が今買った切符は4時45分の時刻印だ。とっさに私は隣の券売機でもう1枚買った。今度は4時46分。ちきしょう、そのまた隣でもう1枚、また4時45分だ。私は決して、ここに4時44分の切符を買いに来たのではない。4時44分の切符を買う人を見に来ただけなのだ。しかし、私はもう1度その隣の券売機で120円切符を買っていた。4時45分。カニのように横歩きしながら何枚も切符を買う私は、あやしいことときわまりない。さっきの男性を横目で気にしながら、私は5枚の120円切符（45分3枚、46分2枚）を買い、そこで44分の切符を手に入れるのをあきらめた。ゾロ目の魔力は、そんなつもりじゃない私を、いとも簡単に狂わせたと言える。あの時、正直言って私はとてもくやしく残念だった。ミイラ取りがミイラになったというやつかもしれない。が、そんなことわざを当てはめて感心してる場合じゃない。かの男性を追わなくては。

さっき気にしながらも5枚も切符を買えたのは、タバコを自販機で買ってる姿を確認したからであるが、その場でタバコを一服していたその男性に、マニアの奥義を聞くべく私は取材を敢行した。

そしたらその人も「たまたま」の人だった。前の日（3日）の昼間、ラジオで「明日は4ならびの日、4時44分には4が6コ並ぶ」という話をきき、「じゃあ、買ってみるか」という軽い気持ちで来たそうだ。そしてたまたま、最寄りのJR駅が四ツ谷だったらしく、私が指摘するまで四ツ谷の「4」には気づいていなかった。

当日集まった4月4日グッズ。郵便局では、44円切手4枚に4つ押印してもらうのがプロらしい。地下鉄も記念乗車券を発売した。

過去に、このような「数字配列モノ」を買ったりした経験もないと言う。マニアとはほど遠い、たまたまの人が、たまたま私の網にひっかかっただけだったのだ。なーんだ。ま、世の中そんなもんだろう。

家に戻ると、東京駅へ行った編集者からの連絡があり、「そんな人は1人もいなかった」とのこと。そりゃそうだろう。昼のニュースを見たら、中央郵便局はやはり長蛇の列。先頭の人は前日から並んでたらしい。東京駅から西麻布《にしあざぶ》の編集部へ戻った担当編集者が、帰宅途中に中央郵便局へも寄り、その報告によれば、マニアの香りはなく老後の道楽的な年寄りばかりだったとのこと。しかし中に1人「ゾロ目の日は素人が多くていけねえや」と言っていた自称プロのじいさんがいたそうだ。

この日の夕方、日本テレビが緊急特番と銘打ち「4チャンネル4月4日4時44分に何か

中央郵便局前の大騒動。若いマニアは少なく、初老の男女がわれ先になだれ込む。局の事前準備の本格ぶりには驚いた。

が起きる」とかやってたけど、何も起こらなかった。そりゃそうだ。平成5年5月5日5時55分に五反田《ごたんだ》に行っても、誰もいないってことだ。

熱狂！ウィーン少年合唱団

平成4年5月8日午後6時
サントリーホール「ウィーン少年合唱団来日公演」

段取りでファンの年輪が分かる

さて、次は一体どこの現場に行くのか自分でも予想がつかないこのページ、今月の現場は「天使のうたごえ　ウィーン少年合唱団来日公演」に沸くサントリーホールである。

これだけ情報過多といわれる今の時代でも、やはりいたるところに独自の文化を隠蔽《いんぺい》しながら存在する小世界はあるものである。おたくが社会に認識されて以降、私などあらゆるところにマニアがいることを過剰防衛気味（なんで防衛せにゃならんか）に覚悟する傾向にある。ウルトラクイズに優勝した単なる素人にファンクラブがあろうが、電撃ネットワークに追っかけがいようが、ま、世の中そんな事ぐらいあるんじゃない、と受けとめる器量が日に日にそなわってきているようにも思う。しかし、多少のことには動じなくなったとはいえ、やはり受け止めきれないほど難解な、もしくは居ても立ってもいられないほど何それ何それ？　と思わせる特殊な小世界《マニアックワールド》にときおり出会うものである。今月のウィーン少年合唱団ネタもそんな小世界のひとつなのだ。

私はある友人から「ウィーン少年合唱団のファンはすごいことになっているらしい」という話をきいた。とにかく、すごい、と。何がどうすごいのかわからぬまま、私はこの現場に行かねばならないと決めたのである。3年に1回来日するウィーン少（ファンの間ではこう略称されている）は、昭和34年の初来日以来今回で第14回目の公演らしい。3月21日の東京厚生年金会館を皮切りに6月9日まで、全国各地で62回もの公演が行なわれる。私はツアーも中盤を過ぎた38回目にあたる5月8日のサントリーホールのチケットを手に入れ、どんなことになっているのか潜入することにした。

6時30分開場ということだったが、6時少し前にアークヒルズ内のサントリーホール前に来てみた。前売り券を持ちながら早くもホール前に来てしまっている人たちもちらほら見える。しかし、どうも私の求めているファン層は、ここにはいないようだ。彼女たちはリハーサルのために数時間前に会場入りした団員を、いわゆる「入り待ち」したあと、開場までの時間をどこか近くでつぶしているらしい。こんな時間にこのへんにタムロっているのは、まだまだなファン、というわけだ。

スケジュールは完全に把握

6時を回った頃から人が増えはじめた。冷静に客層を分析してみると9割が女性。とにかく目立つのはおばさんだ。40代50代のおばさん。もっと団員と同年齢層の子供（小・中学生）が多いと思いきや、すごく少ない。若い女性は、お嬢さんっぽい服装だけどお嬢さまではないという感じが典型か。ベージュのプリーツスカートとかはいてるんだけど枝毛だらけ、とか。数少ない男性客は、更によくわからない。半分くらいは女の子に連れられて来た風のカップルとか夫婦なんだけど、1人とか男同士連れだって来ている人たちはなあ。音楽的興味にひかれてというようには見えない、とりあえず。中でも一番わからなかったのは、私の席の3列前にいた、日本人男性とアフリカ系黒人男性（共に20代後半ぐらい）の2人連れだ。結局最後まで意味はわからなかったが、いろんな想像を喚起させるカップル（と呼んじゃいけないか）であった。

今回の来日公演の全日程62回を、全て観るファンも少なくないという。まさしく北海道から沖縄まで「追っかけ」である。それよりもおばさんたちの間で「お宅はいつからですの」「昭和40年の来日からですのよ」「あら、じゃあ私より古いわ。私、46年からですもの」と、ファンとしての親睦《しんぼく》を深める会話が交わされているのがすごい。「いつからファン活動をはじめたのか」を申し合っているのだが、この3年に1度しか来日しないというのは、自分がいつからファンになったかを明確に認識させる効果と、ファン状態を長持ちさせる効果をあげていると思う。アイドルの追っかけが中・高生の若いコに限られるのは、アイドルの訴求対象の限定もさることながら、時間と体力と思い込みという能力が必要だからだろう。五木ひろしや杉良太郎の追っかけもいるだろうが、アイドルのそれより活動量は断然少ない。3年に1度のある期間だけという条件は、時間も体力も思い込みも衰えている人たちには好都合なわけだ。

6時30分、予定時刻に開場。中へ入るとロビーの一角では「ウィーン少年合唱団　グッズ売り場」があり、老いも若きも必死になって、関連本やらCD、それにジグソーパズル、ステッカー、絵ハガキ、下じきなどを買い求めている。そこを写真撮っていたら、すぐ前にいた係の人に、カメラ没収されちったよ。ロビーしか撮らねえ

20代〜30代の女性客の典型的な服装パターン。もう少しおばさんになると和服も多い。ボディコンやDC系、宝島系はきわめて少ない。

よ、合唱団なんか撮りにきたんじゃないんだからと言っても没収、信じてくれなかった。人をウィーン少ファンだと思ってやがる。当たり前か。

まだ開演までは時間がある。私はここで、ロビーで手持ちぶさた風にしている人を狙《ねら》って、ファンの現状とも言えるいろんな「そのへんのところ」を聞くことにした。

ある女性は、「もちろん今回も全公演についてまわっている」そうだ。この日も最前列のチケットを持っていて、毎公演、最前列の客のメンツはほぼ同じだという。だんだんいろんなコネができるもんなのよ、だそうだ。団員の来日時の宿泊先やオフを含めたスケジュールは完全に把握していて、オフの行事（ディズニーランド行ったりするらしい）にも付いて行く。また、10代の頃からいろいろな人の追っかけを変遷してきてウィーン少にたどりついたという人もいた。その人は、いろいろ追っかけてきたけど、今のこの少年合唱団追っかけが一番燃えられると断言する。

ロック系ミュージシャンの追っかけの中には、いわゆるグルーピーと称される「ミュージシャンとSEXする」ことを目的としたハード

これがウィーン少グッズ。左上から下じき、ステッカー、絵ハガキ、そしてジグソーパズル。4点セットで2000円。バカ売れ！

な人もいるが、とりあえず日本の場合は追っかけのほとんどは〝顔を覚えてもらえた〟とか〝手を振ってくれた〟とか〝ちょっと話した〟みたいなことだけでもよしとするタイプだと思う。国内アイドルの追っかけもそうだ。しかしウィーン少の場合は、もっと具体的で現実的に達成可能な目標がある、というのだ。それは何か。

文通は「友情の証《あかし》」

それは、目をつけた団員の男のコと文通することなのだ。こりゃ驚きだ。来日した時にパル（ペン・パルのパル。文通相手の団員のことをさすファン用語）を見つけ、その文通はパルが変声期によって退団しても続けられることが多いそうだ。そのうち、そのパルの家（ウィーン）に泊めてもらったりという、家族ぐるみのつきあいに発展する。この女性も毎年クリスマスはウィーンでミサを見ることになっているそうだ。この文通は、日本だけに発達してしまったコミュニケーション法らしい。今公演のパンフレットのウィーン少理事長あいさつの中にも「少年たちはいつもこの日本公演をとても楽しみにしています。（中略）その後何年にもわたってつづくファンの人たちとの文通はこの友情の証のひとつと言えるでしょう。――」というくだりがあり、完全にウィーン少側も認める日本独自の文化なのである。しかし、文通とは。予想だにしない展開である。

まだ毛も生えないような（お下劣ですね）男の子をずっと年上の女が追いかけ回す、という図式は何やら倒錯した性的なものを連想したくなるが、本当にそういう部分と無関係なエネルギーで追っかけているらしい。彼女たちは、団員の男のコたちにおチンチンはないと思っていると思う。いや、そんなものがあるか無いかということさえ空白にしておこうという、無意識のうちの思考抑制がはたらいている、と言った方が適当だ。

コンサートがはじまった。確かに〝天使のうたごえ〟ってやつかもしれない。しかし、いくら金髪で青い目でもしょせんは子供。3部構成のうちの第2部はオペレッタ（モーツアルト「カイロの鵞鳥《わしどり》」）なのだが、やっぱり学芸会にみえる。ウィーン少年合唱団だからあれだけど、これが音羽《おとわ》ゆりかご会だったらサントリーホール貸してくれないと思うな。最後には「さくらさくら」「花」などの、御当地サービスもあり、カーテンコールも4、5回あって、ロビーに出て資料用にジグソーパズル他のグッズを購入し、その袋を手にしたまま、没収されたカメラを受け取りに行く私はどこから見てもウィーン少ファンだ。それも熱心な。とほほ。

外へ出ると、アークヒルズ前につけられたリムジンバスに団員が乗り込んでいる。黒山の人だかりで、バスの中から手を振る団員に40〜50がらみのおばさんがズラリと並んで手を振り返しているので、こりゃいい光景だと写真を何枚か撮った。周囲の会話に聞き耳を立てると、これから高輪《たかなわ》プリンス（東京での常宿らしい）に行くとか、今日は（サントリーホール）初日だからすぐ寝ちゃうからダメよ明日にしましょう、とか言っている。ご苦労さま。

公演終了後、バスを見送るファンの図。手前右の女性は松葉杖姿だ。「這ってでもウィーン少を見に行く」の心意気か。

キックの鬼を崇る面々

平成4年5月30日午後6時30分
後楽園《こうらくえん》ホール「全日本キックボクシング'92第3戦 One Truth 3rd」

私はこの連載を始めた時から、いつかは〝格闘技〟の現場に行かねばなるまいと思っていた。数ある格闘技の中で、どれを選ぶべきかずっと考えていたのである。

信仰の現場とするにふさわしい、いってみれば一見《いちげん》の客を拒否するような空間は、どの格闘技の会場にあるのか。

最初のうち私はプロレスのことしか考えていなかった。Uインター、リングス、藤原《ふじわら》組、FMWなどそれぞれに熱狂的なファンを持つ団体はあるが、どうだろうか。普通紙のスポーツ欄から無条件で無視されているプロレスというスポーツは、確かに市民権を与えられてはいないが、しかし超メジャーである。昔のプロレスファンはこの求めても与えられない「市民権」というコンプレックスを共有することで、試合会場に特殊な空気を張り巡らせていたのだと思う。でも、今はもうそんな〝市民権〟なんか要らないもんなんだということに、皆気づいちゃったから。プロレス会場は開かれた空間である。

女一人で足を踏み込もうものなら、通路奥の暗がりで強姦のひとつもかまされかねないようないまだ魑魅《ちみ》魍魎《もうりょう》跳梁《ちょうりょう》跋扈《ばっこ》する格闘技会場はどこだ。

検討の末、「キックボクシング」に賭《か》けることにした。私はキックを生で観たことはない。でも格闘技通の知人が言った「キックの客が一番（素性が）わからない」という言葉に望みを託し、5月30日の後楽園ホールへ足を踏み入れてみることに決めた。

タイに憧れるという図式

この日はあいにくの雨。しかしＪＲ水道橋駅から後楽園に流れる人波はものすごい。それもそのはず、この5月30日は日本ダービーの前日だったのだ。前売りの馬券を求める人と、ドームの日ハム戦に向う人、それに後楽園のスケート場やボーリング場やゲームセンターを目指す子供たち。後楽園ホールに向うせいぜい１８００人のキック客などい

人の流れに身を委ね後楽園に吸い込まれていく。人ごみの中、狭い歩道で歩いていると兵隊アリのような気持ちになる。

てもいなくても大勢に影響はないだろうというくらい密度の高い人波だ。

ゲーセン前で待ち合わせた友だちとおち合ってホールのある青いビルに入る。すでに開場が始まっているせいもあっただろうが、後楽園ホールでプロレスがある時の風景より静かというか人が少ない。エレベーターで5階まで上がり、チケットをもぎってもらって中へ入った。

エレベーター前のフロアと全面ガラスで仕切られたロビーでは、プロレスの時と同じようにパンフレットをはじめとするグッズ売り場が設置されている。しかし、人がいない。プロレスならば、第一試合が始まる寸前までこのロビーは、グッズを求める人、ビールや弁当を買う人、単に落ちつかなくてウロウロしながら煙草を吸う人などでまさにごった返しているのが通例だ。入口正面にあるパンフ売り場でパンフレットを買う、もちろん待ち時間ゼロ。売り子3人に客は2人（私と友だち）という状態。もう1ケ所では、Tシャツ、ビデオ、キック用トランクスを売っている。何故かそこの売り子はギャルなのだが、あんまりロビーに人がいないもんで通りかかる人に一人一人呼びかけて「買ってください」と頼んでいた。でも誰も買わないんだこれが。私はトランクスに興味をひかれて、ちょっと近寄ってみた。商売熱心なギャルは他に客もいなかったせいもあり全員（3人）でトランクスの売り込みを始めた。れっきとしたタイ製であると強調。しかしタイ製であることが売り込みのポイントとなる情況というのは、今の日本でそうザラにはない。キックボクシングに関《かか》わる世界では「タイ」とか「ムエタイ」は絶対的なコンセンサスを持つ。一般社会の「タイ」という国に対する認識（「国の経済状態の悪さ」「日本からの買春ツアー」など）とは全く別のものだ。経済社会に生きる人間としてはありえない「タイへ憧《あこが》れる」という図式が、キックボクシング界では当たり前になるのである。トランクスには知らない文字がししゅうしてあり、それはタイ語で〝闘魂みたいな意味〟の言葉だという。このコーナーに写真を載せたいので1枚買うと、ギャルたちはこっちが恐縮するほど「ありがとうございます」を連発して見送ってくれた。

私たちのチケットは立見席だったので、試合が始まる寸前までロビー隅の椅子《いす》に座って待つことにした。

報告が遅れて申し訳ないが、私はこのフロアに一歩足を踏み入れた瞬間から決定的なある現象を確認しつづけていた。それは、後楽園ホール全体がサロンパスくさいということである。かなりサロンパスく

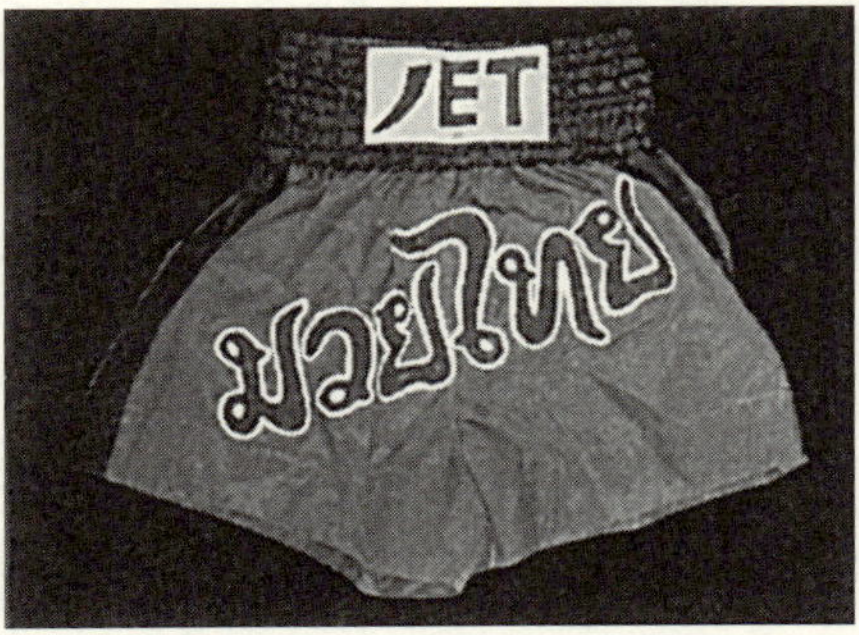

カラーでお見せできないのが残念。どぎついピンクとグリーンのツートンカラー。ウエスト部分のJETはメーカー名か。

さい。サロンパス臭は、どこかに開封した大量のサロンパスが置いてあるからニオっているのではなく、ここにサロンパスを貼《は》っている人及びエアーサロンパスを使っている人がものすごく大勢いるからなのである。形成外科の待合室なみかそれ以上の割合でサロンパスくさい人がいるのだここには。それだけでも特殊な空間といえよう。

言うまでもなく、そのサロンパスくさい人というのにキックのジムに通ってトレーニングをしている人たちである。今日これからリングに上がる選手と同じジムに通う仲間をはじめとする「キックをやっている人」が観客としてかなりの割合を占めているようだ。

ここで客層を分析してみる。まずその「ジムの仲間」をも含む「出場選手の友人」は多い。あと「選手のつとめ先の関係者」も多い。キックは現状として、たとえ日本チャンピオンクラスになってもファイトマネーで食べていくことは不可能らしく、働きながらジムへ通わなければいけない。そのへんの事情に大きな理解を示してくれ「社長も応援」というケースも多いらしい。あと「タイ人」。多かった。それと「出場選手の妻子」。二十歳《はたち》ぐらいの奥さん（ちょっと髪が赤い）が2歳ぐらいの子供（ミキハウスを着てる）を抱いている。いかにもなパターンで、ウソみたいに思うかもしれないが本当にそうゆう母子が何組も控え室へ入っていくの見たんだから。あとは、「あからさまに怖い人」。外見で正体を決めつけるのはいけないが、しかし、普通じゃないスーツ（派手な色とかストライプとか）、パンチパーマや角刈り、サングラス、貴金属、エナメルの靴といったあまりに記号的なカッコウをしてる人がいっぱいいる。それと、プロレス会場にもよくいるちょっとおたくっぽい「格闘技ファン」。

これらによって客は構成されているのだが、しかし全体の一割程度だろうが、全く得体のつかめない人間がいる。そうゆう人は大抵一人で来場しているが、若いんだか年なんだかよくわからない楳図かずおみたいな人とか、何故か和服姿の女の人とか。ま、そんなこといえば私たち（友だちは33歳の女性）だって得体の知れない客だろうけど。

単に知人客の割合が高い

この日は全部で10試合が組まれており、うち7試合目までは前座扱いの3回戦だ（メインは5ラウンド）。3回戦と5回戦の試合の扱いにはかなり差がある。入場時のテーマ音楽もスポットライトも、5回戦を戦う選手にしかつかない。客の声援も、3回戦級にはほとんどない。見てて思ったのだが、これは選手層の薄さの露呈なのではないか。前半の試合に対する客の静けさは、どうもリング上の選手に関して観客が全くコンセンサスを持ち合わせていないことが原因であるように見えた。5試合目ぐらいまでそんな雰囲気だった。同じジムの先輩からの叱咤（「ガードあげろ！」「休むなバカヤロー！」とか）ぐらいしか飛ばない。

5回戦クラスになったところで急に、本当に急に場内は活気づいた。メインは全日本キックとマーシャルアーツ日本キック（日本の二大キック団体）のフェザー級の頂上決戦。全日本フェザー級王者の立嶋篤史《たてしまあつし》は、私も噂《うわさ》には聞いていた看板キャラクターである。MA側の山崎路晃《やまざきみちあき》は前フェザー級王者で現在はライト級1位。2階席からの横断幕には「和製ベニー・ユキーデ」というフレーズが大書きしてある。すごいなあ。もう世間はベニー・ユキーデなんか知らないよ。加えて〝和製〟という言葉のアナクロニズム。もう私はこの幕だけでトリップしたような気になった。ここキックの世界では「和製ベニー・ユキーデ」が今でも最上級の賞賛であることは確かだ。

やっぱり5回戦級になるとおもしろい。前座も街角のケンカみたいでおもしろいといえばおもしろいけどさ。また別の意味だから。

笑ったのは、7試合目にレフェリーのブレイクを無視したとして反則負けをくらった小泉《こいずみ》拓也《たくや》という選手（20歳）。花道を通って控え室に引っこんだと思ったら、すぐにトランクスもそのまま手にもバンデージを巻いたままの状態で外側をまわって客席の友だちのところにやって来たのである。「いやー、反則とられちったよ、でへへ」と頭をかいている。何はともあれ観に来てくれた友だちに言い訳しに来たのだろう。へんな光景。

確かにキック会場はへんな空間だった。排他的といえばそうもいえるし、最初に言ったような〝一見の客を拒否するような〟ところもあった。でもそれは、かつてのプロレスが客（ファン）同士の間に発生した連帯感みたいなものでバリヤをつくっていたのとは全く違って、単に客の中で友人知人関係者の占める割合がとても高いというきわめて物理的な理由によるものであるところがまぬけだ。なんか子供のピアノ発表会というか、売れない小劇団の公演みたい。でも、沢村《さわむら》や富山《とみやま》、藤原といった国民的英雄を擁して隆盛を極めていった頃のキックボクシングしか知らなかった私は、どこがどうなって現在のアングラ的な状況に辿《たど》りついたのか興味深い。また来てみたい。この連載9回目にして、初めてそう思った次第だ。結局、けっこうおもしろかったってことである。

愛と幻想の宝くじ抽選会

平成4年6月19日午前11時40分
新宿コマ劇場「第302回ドリームジャンボ宝くじ抽選会」

会社はどうした、おじさん

さて今月の信仰の現場は、6月19日新宿コマ劇場で開催された「第302回ドリームジャンボ全国自治宝くじ抽選会」である。皆さんもジャンボ宝くじの抽選会のもようは、NHKの中継や各局のニュースなどの風物詩ネタとして、一度は目にしたことがあるはず。数字が書かれた的につきささる矢から、会場につめかけた熱心な宝くじファンの真剣な面持ちにパーンするという、オーソドックスながらも臨場感あふれるカット割りによる映像は、見る者にそこがまぎれもない「宝くじマニア」のメッカであることを伝える。

他人より1分でも1秒でも早く当選番号が知りたい、いやそれよりも決定の瞬間をともに迎えたいマニア気質。まずは第一勧銀宝くじ部へハガキで応募。あっけないほど簡単に入場券が当る。

　送り返されてきた入場券がわりのハガキ（当日に指定席券と交換）を見ると思いがけない事実が。アトラクションとして、「北島三郎《きたじまさぶろう》ヒットパレード」つきだ。そういえば新宿コマはこの6月の1ケ月間「北島三郎特別公演」がかかっているのだった。勧銀宝くじ部はサブちゃんコミでコマ劇場を1日借り切ったということか。なかなか豪気だ、宝くじ部。

　日本のJ・B、日本一の黒人とも呼ばれるサブちゃんのソウルフルなステージは前々

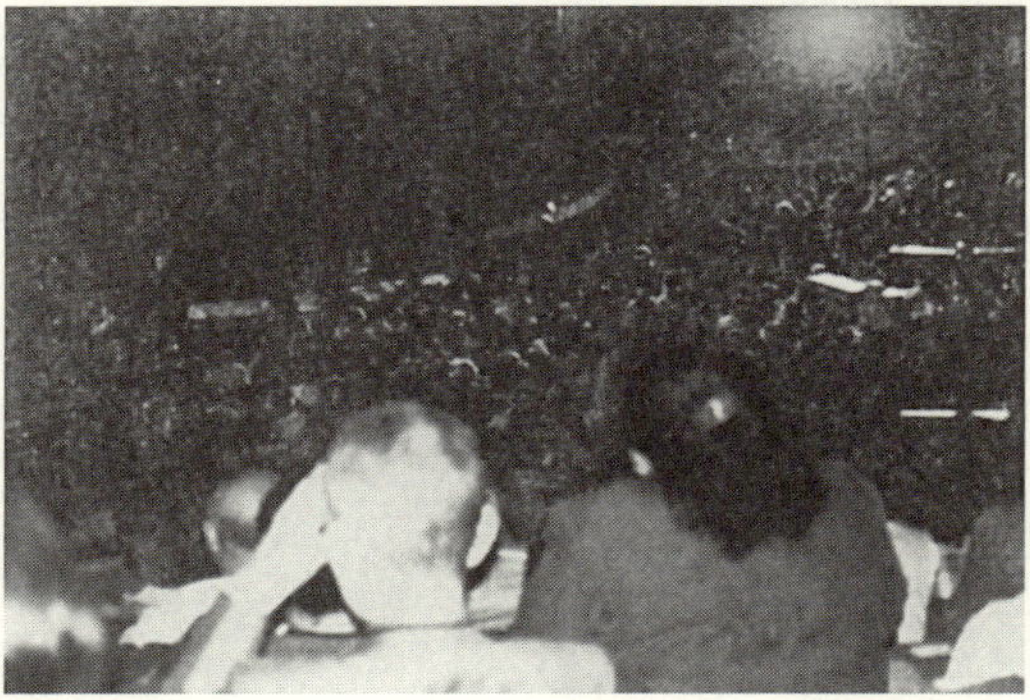

上＝指定席なのに、なぜ並ぶか。一刻も早く中へ足を踏み入れたいという気持ちはどこから湧くのだ。
下＝オペラグラスで矢を注視するじいさん。

から見たいと思っていたこともあり、私は期待と不安に胸を躍らせながらコマへむかうハメになり、これじゃ宝くじマニアとおんなじじゃないすか。

当日、私と編集者はコマの前で11時に待ち合わせた。

時間通りにコマ前へ到着すると、まさに長蛇の列。警備の人もてんてこまい。客層は、圧倒的に主婦が多い。40代後半以上の主婦2〜3人連れで、ちょっといちおうよそ行きは着て来たけどパーマ屋にまでは行ってこなかったというかんじ。あとは隠居したお年寄りも多い。会社はどうしたんだと尋ねたくなるようなサラリーマン風のおじさんもぽつぽついる。若い人は皆無に近い。

ほぼ定刻に開場。入口で「お楽しみ抽選券」をもらう。お楽しみ抽選会があるらしい。そんなことはどうでもいいのだが、コマ劇場1階ロビーに足を踏み入れておどろいた。かなり広いロビーであるが、そのほとんどが、「北島三郎グッズ売り場」になっていたからだ。

さっきも言ったが、この6月はコマにとっては「サブちゃん月間」である。だから売店も、この19日だけのためにあえて撤収せず月間仕様のままにしてあったものと思われるが、これまた思いがけないミラクルワールドを垣間《かいま》見せてもらった。当たり前だが、何から何までサブちゃんづくし。「ビッグコミック」の表紙のようなリアルタッチで描かれたサブちゃんの顔が、前面の中央にドンとプリントされている「サブちゃんトレーナー」(9000円。高ぇーっ!)、「北島三郎」名入りのミニちょうちん、サイン入り湯呑み、色紙、テレカ、のれん、清酒「さぶ」、滋養強壮ドリンク剤「さぶちゃん」(超レアである)。そいでまた、売店に結構客がたかってるんだ。あんたらは宝くじファンじゃないのか。サブちゃんファンか? 客の意思が摑《つか》めなくなりかけていたところ、ロビーの片すみにふと目をやると、テーブルひとつのささやかなものではあるが、次の宝くじを扱う臨時宝くじ売り場が設けられていた。勧銀宝くじ部の心意気を感じながらも、実際そこで宝くじを買っている人を見ると「ここで買うか。そんなに好きか宝くじが」という「とほほ」って感じの思いが浮かんだのもまた事実だ。

「サブちゃんトレーナー」は9000円。どう見ても高い。高すぎる。着ている人の顔が見たい。

5つ数えたら発射ボタンON

サブちゃんグッズに後ろ髪を引かれながらも、ホール内へ入り座席を探す。後段席と呼ばれる中2階席の最前列という絶好のポジションだ。早くから来ていい指定券(前段席)を

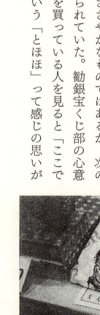

手に入れた「熱心な宝くじファン」を一望にできる。11時40分、時間どおりに開演である。

何ともスカスカなとりあえずロック調の音楽（テープ）とともに、するすると緞帳《どんちょう》が上がっていく。そしてそこに現れたのはレオタードにラメのタキシードを着て舞台せましと踊る「コマ・ダンシングチーム」のおねえさん方であった。レトロでチープというにはあまりにも時代錯誤で場末なかんじ。このスカスカな感じは何かにそっくりだと思ったら「土曜ワイド劇場」に出てくる〝劇中ファッションショー〟だ。

ひとしきり踊って、司会者の登場。NHKのアナウンサーである。拍手で迎えられた司会者は、あいさつ代わりに「宝くじ」についての基礎知識的なものを話し出した。

「全国には皆様と同じような宝くじファンが3800万人から4000万人いらっしゃいます」って言われてもなあ。「皆さまと同じような」——と簡単に言うが、抽選会場に駆けつけるファンが4000万人か？　そんなはずはない。4000万人は「単なる購買者」だと思うし、そうあってほしい。買った宝くじ握りしめて抽選会場で気合を入れてるような「ファン」が4000万人もいるってのは、いやだ。

司会者は、宝くじ豆知識みたいな話をし、最後を「この会場の中から〝当たったあ!!〟という声があがることを期待申しあげております」というフレーズで締めた。多分、いつもこれで締めていると思われる。知らないけど。

いよいよ抽選だが、1億がかかっているもんでいろいろな手続きがある。まず「立会人」の入場。これだけ人がいりゃあいいんじゃないかと思うが、ミス東京や勧銀の宝くじ部長（えらいのにまぬけな役職）など4名が客席最前列の「立会人席」にオペラグラスを持って着席した。記録員、説明員（いずれも宝くじ部の人）も紹介され所定の位置につく。舞台上に設置された7台の「電動風車抽選機」に先ほどのコマ・ダンシングチームのメンバーが1人ずつ、抽選嬢としてついた。

本当にいよいよ抽選。まず下1ケタの7等からである。この時は向って右端の1台だけを使い、等級が上がって当選番号のケタ数が多くなるに従って稼動する電動風車抽選機も多くなるというわけだ。

しかし、なんか抽選嬢の動きとかも〝3歩あるいて腰を30度かがめ、5つ数えたら発射ボタンON〟といったマス・ゲーム的な「形」重視の不自然さがある。あと、ボードにささった矢の位置が、境界線近くだった場合「立会人の皆さま、私どもは〝7〟とみましたがいかがでしょうか。よろしければ右手をお挙げください」なんつって立会人はボードを

踏み出す足の順番も見事に揃っていることが確認できるだろうか。妙に伸びた背スジとキビキビした動作が素敵だ。

オペラグラスで見てチェックしたりしてた。こういう芝居じみた、というか、まぬけとわらわれようとも「形」を踏襲しなければならない、公的なものの滑稽さ。たとえばホームに立つ駅員さんの指さし確認、あるファーストフード店のレジでの「1万円はいりまーす」や「大きい方からご一緒におかぞえください」など、「ちゃんとやっている」だけではダメで、そのちゃんとやっていることを周囲にこれ見よがしに見せなければならないときに、その「まぬけ」は発生する。

ちんたらしながらも、だんだん当選番号は決定していく。会場も、さすがに「当たった！」の類の声は上がらないものの、たまたま同じ数字が2回つづいたりするとたちどころにどよめく。私の横のおばさんなど「あら、また4ね、うーん」とひとり言を言ってた。何に対して「うーん」などと唸《うな》っているのか。

会場に券は持っていくな

残念ながら、買った宝くじを手に持って抽選機と首っぴきで一喜一憂している類の者は確認できなかったが、客席から双眼鏡でチェックするじいさんと、手帳にメモった自分の宝くじの番号とてらしあわせるおばさんの2人連れは写真に収めることに成功した。でも多分、客のほとんどは宝くじを買ってるはずだ。当選番号をメモっている人はかなりいたし。ま、その場でよもや1億当ったからといって「当った！」と叫ぶのはどう考えても避けるべき行為であろう。宝くじ素人の私でさえそう思うのだから、宝くじの悲喜こもごもを知りつくした「ファン」の皆さんならなおのことだろう。「抽選会場に券は持っていくな」は、ファンの心得のいろはのいかもしれない。

ドリームジャンボの全当選番号が決まると、次は「お楽しみ抽選会」。私、恥ずかしながら「A賞・キッチンセット」が当ってしまいました。

ここで時計の針は、午後1時5分を指していた。さて、いよいよサブちゃんかと身構えた時、かの司会者は「これで抽選会は終了いたしました。このあと北島三郎ショーが2時より開演となります。しばらくのあいだおくつろぎください」と言って、「えっ、あと1時間もあるの」とざわめく客に目もくれずソデへ引っこんでいった。私たちはとてもじゃないがサブちゃんまでそこにいつづけるわけにいかず、とっとと帰ることにした。しかし、ほぼ9割以上の客が1時間待って、サブちゃんを観たと思われる。

もう既に次の宝くじ売り場が。お楽しみ抽選券もあるし、運や偶然や神様が渦まく場だ。

勧銀宝くじ部は、「宝くじファン」を「1時間ぐらいは待つ」と見すかして、プログラムを立てたわけだ。失礼といえば失礼である。そしてそんな「タダでサブちゃん観れるなら1時間くらい待つ」人が全国に4000万人ぐらいいると思ってるってことか。勧銀宝くじ部は考え改めた方がいいと思う。

NHKの守り神は誰だ

平成4年8月3日午後1時50分
渋谷《しぶや》区神南《じんなん》・NHK見学者コース

不思議な需要と供給

さて今月の現場は「NHK展示プラザ・見学コース」である。いつでも誰でも気軽により深くNHKを理解できる見学コースは、東京近郊の小学生の校外学習や、地方からやってくる修学旅行生の立ち寄り先として、揺るぎない定番ぶりだ。

私がここにどんな信仰がうずまくことを期待・予測していたかというと、それは「NHK信仰」である。「NHK幻想」といってもいい。何かの機会に視聴率表みたいなものを目にするたび、私はいつも不思議な思いをさせられる。大河ドラマと朝の連続テレビ小説とNHKニュースの、当然といわんばかりの安定したものすごい高視聴率。上を下への大騒ぎになるほど当ったといわれた、民放のトレンディドラマでも、朝の連ドラがあたりまえのように毎日淡々と獲得しつづける視聴率には全然およばないのである。

私たち（というか私）はよりおもしろい番組が見たいと思ってチャンネルをカチャカチャと換える。しかし、そのチャンネルが行ったり来たりするのは、往々にして「NHKを除いた範囲」だったりする。

このように「非NHK」な生活をしている者にしてみれば、先のNHKの「当然」の高視聴率は不思議きわまりなく、私とは正反対にテレビというのをNHK中心にとらえている人達がいるという確信が湧《わ》く。

私は、NHKから学ぶものなどひとつも無いと思っているが、NHKを見て学ぼうと思う人たちと、見せて学ばせようとするNHKが出会う場所「NHK展示プラザ・見学コース」には、私の無くしてしまった（ハナから持っていなかったともいえるが）「NHKをありがたがる心」があるはずである。

じゃじゃまるとぴっころが描かれた入口の前、3階玄関と呼ばれる展示プラザ入口についたのが8月3日月曜日の午後1時50分だった。

プラザ内に一歩足を踏み入れた途端、長々と書きつらねてきた私の目論見《もくろみ》はへなへなに。どこが「見て学ぶ」だ。「NHKを深く理解する」「カルチャー」「NHK信仰」といった予測が大ハズレであることを一瞬にして悟らされた。エントランスというかロビーの役割と思われる入口すぐのフロアは、見事に親子連れだけで埋まっていた。しつけの悪いガキどもが奇声をあげながら走り回り、ゴルフシャツに短パンのお父さんは備えつけの椅子《いす》に大《おお》股《また》ひろげて座って100インチモニターのオリンピックを見ている。寝てるお父さんも1人いた。お母さんにむかって「すずしいね。ねえ、すずしい？ ここすずしいね。ここ広いの走っていいの。くつぬいでいい？」と叫びながら走り回っている小1ぐらいの男の子。

　私はここで、ガラリと考えを改めることにした。この様子では「NHK信仰」など確認できそうにない。それより、いくら子供は夏休み真《ま》っ只中《ただなか》とはいえ、平日の昼間なのにこのお父さんの群れは何だ。サラリーマンの夏休みの形態についてはよく知らないが、これが「たまの休みの家族サービス」の類であることは間違いないだろう。実家が商売をしている私は、よくあるとされる「ねぇお父さん、夏休みなんだからどっか連れて行ってよ」という家族のシチュエーションに無縁の子供時代を送ってきた。そんな皮膚感覚の欠如に加えて、近年伝え

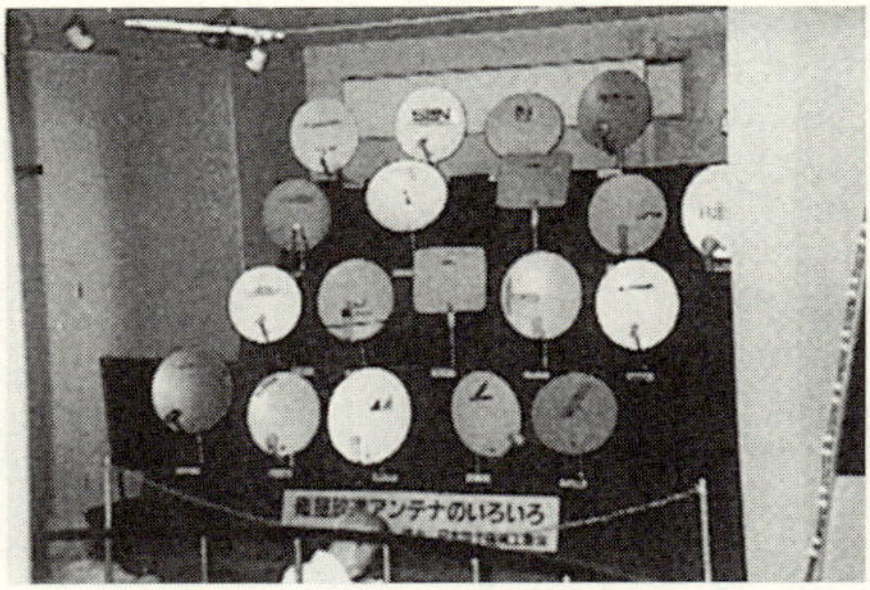

さすが公共放送。あらゆるメーカーのパラボラアンテナが平等に展示されている。ほとんど意味がない。

られる夏休みの大型化、一部であろうが子供のくせに外国につれて行ってもらう等の高級化といった情報は、私の中で「ささやかな家族サービス」というものの現実性を薄れさせ、同時に、そんな状況下で文句なく「ささやかな一家族サービスを実行している人たちに対する興味も湧いてこようというものである。

手軽（いつでも誰でも気軽に、申し込みさえ不要）で、安あがり（無料）で、一応体裁はいい（実情はどうであれ〝見学〟の御旗の下、カルチャーで教育的な感じはある）、この「NHK展示プラザ・見学コース」こそ「ささやかな家族サービス」のメッカ。絵にかいたような「せまいながらも楽しい我が家」なファミリーたちの夏休みを目撃することに、路線を変更させてもらおう。

走り回る子供にぶつかられながらも、コースを進もうとする。まずは「NHKぎゃらりー」。このスペースは、随時内容の変わる催事場のようなところらしい。この日は「夏休み大鑑賞魚展」で、金魚の入った水槽が部屋中に100個ぐらい並んでいた。幅が50〜60センチぐらいの普通の水槽が、ただズラーッと並べてある。片隅には「相談コーナー」が設

演歌系歌手たちのサイン色紙がズラリ。実にありがたーい雰囲気。

けられていて、県立埼玉水産試験場とさいたま水族館の人が机についていた。誰も相談していない。

その一室を出ると、次は「スタジオ通り」である。廊下の壁に、これまでの大河ドラマのスチール写真と、朝の連続テレビ小説のスチール写真がズラリと貼ってある。これまたただ貼ってあるだけなんだな。この廊下からは、下にあるテレビスタジオが見おろせるようになっている。この時は何もやっていなかったけど、何かやってるときもある、とのこと。また、ここにはラジオのオープンスタジオもある。毎日ひる12時半から公開ナマ放送をしていて、月間のゲスト予定表には各日ズラリと演歌系のゲスト名が並んでいる。でも時間外のこの時は何もやってなかった。

スタジオ通りを抜けて右奥へ入ると、そこは「ハイビジョンシアター」。さすが技術のNHK。中は60席ほどの小さな映画館風で、スクリーン（つうかハイビジョンモニター）では、オリンピックをやっていた。あれ、ハイビジョン放送なのかなあ。普通の画質だったけど。座席は3割ほど、つかれたお父さんで埋っていた。オリンピックといっても、よりによってアーチェリー。つまんないので次へ進む。

あなたは今日、何番目？

エスカレーターで上へ。4、5階を通過してコースは6階へつづいているのだが、4階へ上がったところにじゃじゃまるの等身大パネルがあり「いらっしゃい‼　あなたはきょう何番目？」のセリフとともに今日の来場者数をカウントする電光掲示板がある。私は2638番目だ。だからどうした。でも、まだ午後イチと言っていいこの時間でこの人数とは、すごい。5階踊り場には「6000万人目はどなたでしょう！」というパネル。もうすぐ入場（見学）者総数6000万人達成らしい。昭和40年にコース開設というから、1日平均6000人ぐらいは来るってことか。本当かよ。すごいなあ。驚きながらも6階へ。コース再開で「ドラマ通り」と銘打ち、ミニチュアのセットやら効果音を出す道具やらが展示されている。次は「放送おもしろ通り」。しかし、○○通りというネーミングは「バス通り裏」の影響をうけているのか？

ここの一番人気は「にこぷんコーナー」。じゃじゃまる、ぴっころ、ぽろりの等身大縫い

エスカレーターで上がっていくと、センサーで来場者数をカウントする仕組が。

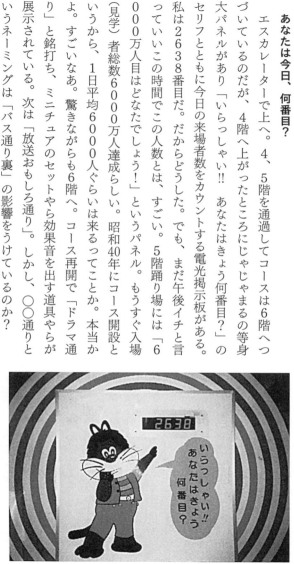

ぐるみがいて、動かないんだけどセンサーかなんかで喋《しゃべ》るらしい。横に子供を立たせて記念写真をとるお父さん多数。

しかしここまできて思うのは、NHKって「信長」と「おんなは度胸」と「にこにこぷん」の3つしかやってない局みたいな印象である。どこにいってもこの3つ。とくにじゃじゃまるの活躍ぶりは目を見張る。ちょっとしたところにはじゃじゃまる、ちょっと何かあるとじゃじゃまる。NHKの屋台骨はじゃじゃまるが支えている、と言ってもいい。

ここを抜けると「無料休憩所・ふれあいラウンジ」と売店が。売店では、「にこぷんグッズ」「セサミストリートグッズ」をメインに、それでも「来館記念・NHKキーホルダー」「NHKタオル」「信長きんちゃく」「手焼きせんべい・信長」「あん入生八つ橋・女は度胸」といったまぬけものもちゃんとあった。私は知人のにこにこぷんフリークの息子（1歳）のためににこぷんグッズを購入した。ラウンジ内には軽食コーナーもあり、そのメインにソフトクリームが売られているのが、ホントにこの場にそぐわしいと思った。今や食べたいと思ってもお

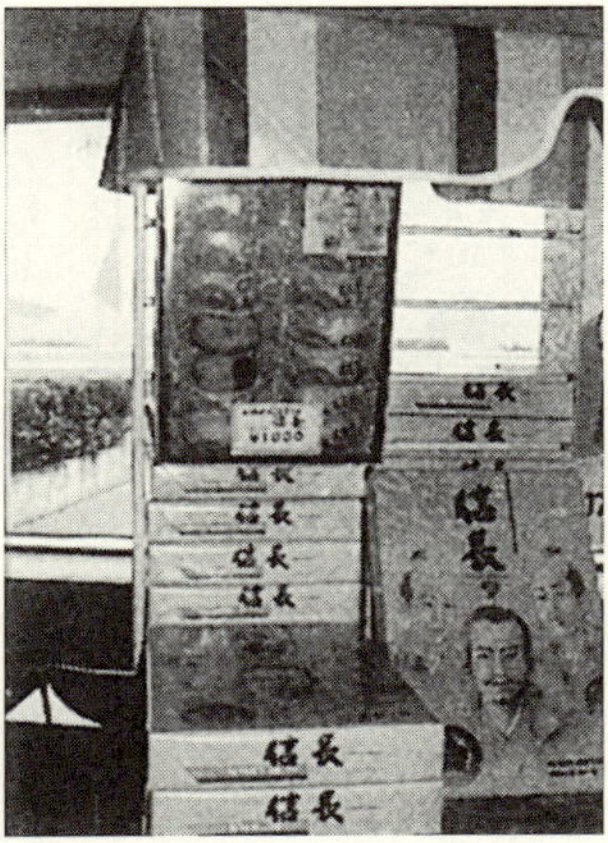

ふれあいラウンジ手前の売店に「手焼きせんべい・信長」と「あん入生八つ橋・女は度胸」。すごいタイアップだ。

いそれとはソフトクリームにお目にかかれない時代だ。なのに、ここは20年くらい前のデパートの食堂にそっくりである。

ラウンジを出ると最終コーナーである。通路がらせん状に下り坂になっていて、その真ん中下方には地球らしきオブジェが。ここ全体は宇宙空間のつもりらしく、衛星放送をモデル化したセットらしい。「走らないで下さい」の貼《は》り紙に目もくれず、らせんの下り坂という絶好の条件だ。ここぞとばかり走るクソガキ。本当に危ない。もんどりうって倒れて泣きわめく子供2名。衛星放送も何もあったもんじゃない。ここを抜けるともう団体バスの乗り場があり、見学コースは終了である。

空間をプロデュースするということが職業にさえなるこの御時世に、渋谷の街の真ん中にこんな「モノの見せ方」をする空間があることは奇跡みたいである。「(単に)並べる」＝「展示」が正しかった頃(昭和40年)に出現した「展示プラザ」は、そこから時間が止まっている。やっぱり見て学ぶものなどなかったと言っていいが、こんなものが「ささやかな家庭サービス」か。子供はじゃじゃまるがいっぱいいたことしか頭に残っていないだろうし、お父さん、お母さんは義務を果たした解放感で満足だろう。じゃあ、いいわけか。

ま、タダだから文句は言わないが、私には納得いかないところで非常に円滑に流れる需要と供給を目のあたりにした時のとほほ感。ＮＨＫとささやかな家庭サービスの関係は、まさにコレであった。しかし、６０００万人かあ。

突撃！ ウルトラクイズ

平成4年8月9日午前7時
東京ドーム「アメリカ横断ウルトラクイズ」予選会場

ウルトラクイズ・ファミリー

今回の現場はどこだ!? それは「第16回アメリカ横断ウルトラクイズ」だ。

いつもとは、ちょっぴり違うかんじの出だしにしてみたがどうだろうか。しかし今月は、この連載の開始時から狙《ねら》っていた「ウルトラクイズ」である。毎年夏になると、全国津々浦々から善男善女のクイズバカがわいて出るように東京ドームに集結する。ある者はこの日のために暮らしをきりつめて東京までの飛行機代を捻出《ねんしゅつ》し、またある者は休みが取れないからといって会社を辞め、やってくるのだ。そんな苦労をするくらいなら、自分で格安チケットでも買ってニューヨークへ行ったらどうかと思うのは「ウルトラクイズを信じない者」の考えである。「ウルトラクイズ信者」にとっては、勝ち進みながら辿《たど》り着くニューヨーク以外はニューヨークではないのだ。いや、それよりも、今までテレビに映し出されたウルトラクイズ仲間のように、友情が芽生え、アダ名のひとつもつけられ、勝って泣き、負けて涙する、そんな「ウルトラクイズ・ファミリー」の一員になることに憧れているのだ。そのためならどんな苦労もいとわない。非信者にとっては価値も見出せないどころか、まっぴら御免なモノに「信仰の糧」を見る信者たちの悲喜こもごもこそ、信仰の現場の醍醐味《だいごみ》ならば、ウルトラクイズシンパ3万人をのみ込んだこの日の東京ドームは、まさに私にとって「行かねばならない」現場と言えるだろう。

あれはまだ6月のはじめだった。日本テレビの深夜枠に「第16回アメリカ横断ウルトラクイズ・参加者募集」の告知が流れ出したのを確認し、ただちに応募規定に従ってハガキで申し込んだ。数日後、日本テレビから申し込み書や参加規定などの書類が届く。この申し込み書に必要事項を書き入れ、写真とパスポートのコピーを貼《は》り付け送り返す。先着順に3万人に出場権が与えられる。

ここで早くも「ウルトラクイズの真の姿」を垣間《かいま》見せられた。申し込

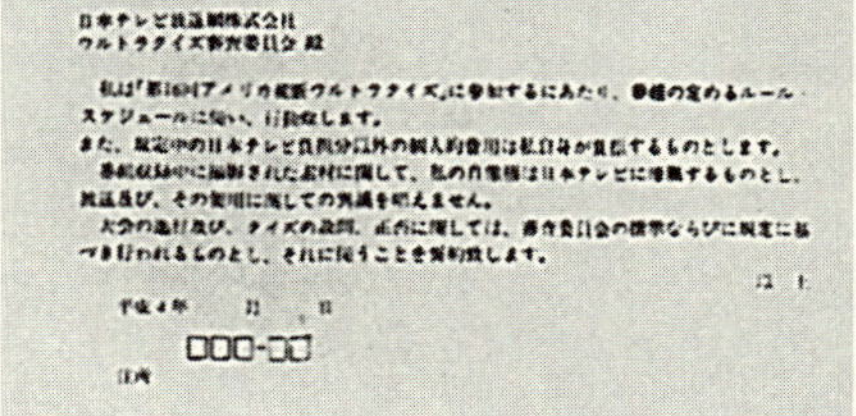

誓約書

日本テレビ放送網株式会社
ウルトラクイズ事務委員会 殿

私は「第16回アメリカ横断ウルトラクイズ」に参加するにあたり、[illegible]の定めるルール・スケジュールに従い、行動致します。
また、規定中の日本テレビ負担分以外の個人的費用は私自身が負担するものとします。
参加収録中に撮影された素材に関して、私の肖像権は日本テレビに帰属するものとし、放送及び、その使用に関しての異議を唱えません。
大会の進行及び、クイズの設問、正否に関しては、[illegible]の標準ならびに規定に基づき行われるものとし、それに従うことを誓約致します。

以上

平成4年 月 日

〒□□□-□□
住所
氏名 印

ウルトラクイズ参加誓約書

み用紙の裏面にあった「誓約書」のこのうすら恐さはどうだ。署名捺印《なついん》したら最後、ウルトラクイズ（日本テレビ）に絶対服従である。日テレはともかく「ウルトラクイズ審査委員会」とは一体誰だ。どこの誰とも判らないものに、当然のようにこれほどの誓いを立てさせるところから全てを始めようというのだ。さすが16年も続いている番組である。まさに「老練」という印象だ。

参加規定もかなりこわい。「クイズ参加者の自己都合による途中辞退や棄権は、健康上の理由など委員会が特に認める場合以外は絶対に認められません」（ウルトラクイズの進め方より）。基本的人権さえ無いともいえる。ウルトラクイズの中では憲法よりも審査委員会が「法《ルール》」なのである。だから、誰なんだそれは。

さて、第一次予選通知ハガキが返ってきたのは8月に入ってからだった。ほっとしたのも束の間、そのハガキに書かれた第一次予選実施要項のスケジュールに驚いた。午前7時受付開始、8時半受付終了・入場締切り、12時には全て終了するというのだ。さらに注意事項として「午前6時までは球場敷地内への入場を禁ず」とある。禁じなければ入場する人がいるということだ。辛苦の量をもって信仰の深さとする、その現場はこれまでもいくつか見てきたが、ここでもまた信ずる者は嬉々《きき》として仕打ちを受けている。

しかし、クイズ研究会って何だ

このハガキとパスポートを持ってドームへ行く。後楽園はとても日曜の朝7時とは思えないほど人がいて沸《わ》いていた。

7時に、ドーム周辺に第1問目が貼り出され、8時半の受付終了時までに「○」は3塁側、「×」は1塁側に入場着席するというシステムになっている。1問目は「自由の女神が初めてアメリカの硬貨に登場したのは、独立100周年記念コインである」などという考えても分からないものである。しかし集まった数万人の信者たちは、考えたり、電話をしたり、仲間同士で検討したりしている。

しかし、大学のクイズ研究会ってのは何だろう。なぜのぼりを立ててハッピを着るのか。ここにはまさに全国各地の大

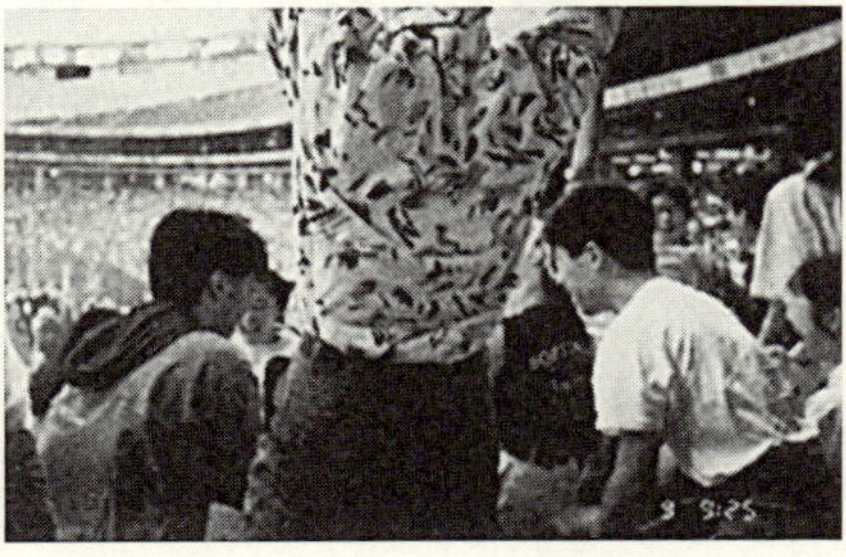

上＝1問目を考え中の出場者たち。星条旗柄のTシャツがまぶしい。他にも、パジャマ、甚平、浴衣姿やサンタクロースのコスプレもいた。
下＝正解の瞬間。「喜色満面」という表情をしている。

学から我が物顔のクイ研が集まっていた。すがすがしさってものに欠けるよな、あいつら。あと目につくのは1～2歳の子供を抱いた30歳前後の夫婦。ほとんどペアルックを着ている。二重にも三重にも「善人」を体現することに、何かこう思うところは無いのか。あるわけが無いか。

さらに特筆すべきは、この場における「アメリカ」の概念というか、位置づけである。出場者の服装からも容易に判断できるが、ここでは「星条旗」「USA（という文字）」「自由の女神像」は、絶対的な価値を持つ。日常生活の場、ましてや日本のそれでは、もはや誰も手を出さないはずの「星条旗全面プリントTシャツ」「USAロゴTシャツ」「自由の女神の王冠を模したビニール製のかぶりもの」「全身星条旗柄のパジャマ・ナイトキャップつき（を、街着として着る）」といったダサダサアイテムが、大手を振ってまかり通っている。だって、もう揃《そろ》いのスタジャンだって恥ずかしい世の中なのに、ハッピ（もちろんサテン地）なんかを得意顔で着られる空間、それはやっぱり日常社会とは別モノとしなければいけないだろう。一番

各地からやって来た「クイ研」の面々。こういう文化系の人のガッツポーズなどの身体表現は、体のキレが悪くてカッコ悪いのが常だ。

困ったのは「ウルトラクイズだから」という勢いで、ボディコン仕様の体つきじゃない（普段はボディコンじゃない）女のコが、チューブトップに短パンといったカッコをしちゃってるやつ。痛々しい。

そんなウルトラ信者の熱気に呆《あき》れ驚く私たちも「○」か「×」かを決めなければならない。考えてもしょうがないので、2人ずつ（私たち一行は4名である）○と×を割り振り、ジャンケンをした。一番勝った人の受け持ちに従うことにしたのだ。結果は「○」。3塁側の受付へ向った。

ここで私たちのある事情を話しておきたい。皆が皆、優勝を想定して集結してる中、私たちは少し事情が違う。4人中3人は「勝ちたくない」のだった。1人は、実は先着3万人にもれていたのだ。その人Mさんは私の取材へのつきあいと一度ウルトラクイズに出てみたいという気持ちから、直前に仕事で来られなくなった別の友人の予選通知ハガキとパスポートを借りて（多分、受付でハガキの名前とパスポートの名前の照合チェックがあると予想したため）来たのである。ヘタに勝ち残ったら規則違反がバレて怒られるだけだ。私だって、勝ち残ったりしたら生活がメチャクチャになる。週刊誌の仕事をどうしてくれる。残るもう1人は、お姉さんのTシャツを勝手に着てきたため、勝ち残りでもしてカメラに映されたらお姉ちゃんに怒られるという。何ともふとどきな私たちだ。

ドーム内に入ったのが7時半ごろ。まだスタンドは1割がたしか埋まっていない。まだみんな外で○か×か考えているのか。8時半までの制限時間いっぱいを使い切るまで、スタンドはざわめいていた。8時半をまわっても、しばらくは放置状態。司会者の福澤《ふくざわ》はなかなか姿を現さない。待つこと30分。福澤登場。何やかんやのセレモニーがあり、正解発表は9時20分だった。

「愛は地球を救う」の募金が。神だのみでもしたい心境のところへこの募金のお願いは少々卑怯だ。断ったらバチ当りそうだものなあ。

すごく嬉《うれ》しいのが、くやしい

いよいよ正解発表。スクリーンに表示された正解は「○」。

この瞬間は、筆舌に尽し難いすごさがあった。私のまわり（正解側）は、瞬時にほぼ全員、電流でも流されたかのように立ち上がった。私はその瞬間を写真に撮ろうとしていたので意識的に座ったままであったが、勝ち残っちゃいけない友人まで、隣で奇声を発しながら跳びはねている。何がくやしいって、その瞬間、私も、ものすごく嬉しかったのがくやしい。

さて×側はどうか。これまたすごい。「色を失う」という慣用句があるが、本当にスタンドの色が完全に変った。上から目の細かい網を全体にかけたみたい。なんか、どんよりしちゃっている。声もない。

たったひとつの「○」という記号を提示することで、3万人もの人間の感情を確実に両極に分けることができるのだから、クイズというのも大変なものである。何の根拠もないのだ。全ては、ウルトラクイズが作り出した空間で、ウルトラクイズが作り出したルールで行なわれているだけのものなのである。条理もなければ摂理もない。しかし、正解・不正解というベクトルは、そんなことが入り込む余地がないほど、人を虜《とりこ》にするのである。私は確かに、ニューヨークへは行きたくなかった。絶対行きたくなかった。しかし、正解した時はおどろくほど嬉しかった。完全に矛盾した私の心情は、正解という絶対的快楽の力の証明といえる。

2問目。問題は忘れたが、「×」と思う人はグラウンド内に降りる。めんどうなので「○」にして、座ったままでいたら、ハズレた。出場者は、ハズレたらもう帰っていいのだそうだ。しかし、第1問目で不正解になった1塁側もどんよりしたまま帰ろうとしない。2問目以降、どんどん増える不正解者も、ほとんど帰ろうとしない。ここが、このウルトラクイズ信者たちの信者たるゆえんか。私たちは5問目くらいまではスタンドから見ていたが、10時半ごろ、ついに飽きて帰ることにした。

　勝ち残る訳にいかない事情を抱えた私たちは、1問当ったから良かったということで帰途についた。私以外の3人は、来年また出ると言っていた。私は、もう、いい。（翌年ウルトラクイズは突然廃止された。おどろいた。）

2問目不正解の瞬間。正解の写真と比べて見て欲しい。本当に「頭を抱える」人もいた。グラウンド内に見えるのは歓喜の正解者。

当たれ！　公団建て売り抽選

平成4年9月20日
埼玉県松伏《まつぶし》町・松伏ニュータウン現地見学会場

家を探す俳優

「家」と言ったら、そりゃもう事は大変である。今や、「良い世の中」と「悪い世の中」の境界線は、「普通のサラリーマンが家を買える世の中であるか、否か」にあるらしい。

で、今月の現場は「家」である。「家が買えなかったら、一生賃貸でもいいじゃん」などという、まるでこわっぱのような考えしか持ち合わせない私からすれば、家を買うことに一生を賭《か》けようという「住宅戦士」の方々は、まさに「家信者」、「持ち家信仰」の徒と思えるわけだ。

年々拡大の一途をたどる通勤圏。しかし、私の周囲は、堅気のサラリーマンが少ないこともあり「家が欲しい」一直線の人が見当たらない。ほとんど賃貸住宅居住者である。むやみに引っ越しをくりかえしては貧乏をこじらせている、もう世間から見たら無分別のひょうろくだまみたいな人もいる。とにかく、私の接する生活ゾーンには、持ち家信仰に向うベクトルが無いのだ。

そんな中で、私が思い描く持ち家信仰の現場の情景は、テレビで見たある番組が基となっている。それは俳優の岡本富士太《おかもとふじた》が奥さんの鶴間《つるま》エリや子供といっしょに、実際に自分たちの住む家を探し求めて悪戦苦闘する姿を追った、数回のシリーズもののドキュメンタリーだ。番組の中で岡本富士太は「家を探す俳優」というニックネームまでつけられていた。岡本富士太クラスの俳優が、どれほどの経済状態で生活しているのかなど考えたこともなかったが、納税期に発表される芸能人の稼ぎぶりや、知人が言っていた「長谷直美《はせなおみ》が近所の超高級マンションに住んでるけど、長谷直美なのにどうして？」というのから想像される「芸能人の理不尽な高収入」から、彼、岡本富士太は取り残された芸能人であることをその番組は伝えていた。いや、だからこそ彼を「家を探す俳優」として追っていたのだろう。細かいことは忘れてしまったが、岡本家の希望条件は、間取り・予算ともきわめて庶民的であった。その証拠に、岡本家はその条件を貫くほどにどんどん郊外へアタック地を移していくのである。都内が全く無理であるとわかった時の岡本の姿は寂しげでさえあった。

彼ら一家は、分譲地へ足を運びモデルハウスをすみずみまで点検し、家族で検討し、申し込み、抽選に臨む。

長々と岡本富士太一家のことを書き連ねてしまったが、この抽選会こそ、私にはまさに持ち家信者が集い祈りを捧げる祭典に見えたのである。倍率は高い。数戸の分譲に何百人と殺到する。そして家を探す俳優は、抽選にもれる。「あーあ」と一家で溜《た》め息《いき》をつきながら、でもまたもう少し都心から離れたニュータウンにアタックするのである。結局、岡本一家が家を買えたのかどうかまで、私は確認できなかったが、あれはいい企画だった。芸能界における岡本富士太のポジションのもの哀しさが「住宅残酷物語」的な悲哀感に妙にマッチしていた。「岡本富士太が家を持てない世の中」に、今我々は暮しているのだとまで考えを巡らせたものである。うそだけど。

さて、そんな熱気あふれる住宅戦士の戦場はどこにあるのだ。どこにどうたずねたらいいものか、行きあたりばったりと言うと聞こえが悪いが、ある日の新聞に折り込まれていた広告に賭けてみることにした。

「埼玉県　松伏町《まつぶし》・松伏ニュータウンゆめみ野第五」。これがその物件名である。東武伊勢《いせ》崎《さき》線・営団地下鉄日比谷線「北越谷《きたこしがや》」下車、バス15分「赤岩入口」バス停から徒歩10分。

戸建住宅、土地面積223㎡、建築面積88・95㎡、住宅延床面積137・97㎡（2階建）、3LDK＋1K、譲渡価格6631・3万円（6631万3000円）。第2次である今回の募集戸数は1戸だけである。この物件がどの程度の好条件であるのか、いや、果して〝好〟条件なのかどうかも判断つかぬまま「1戸だけの募集」という1点にすがり（必然的に高競争率になり、場も盛り上がるだろうと）ついたわけだ。

9月20日日曜日。私と編集者は北越谷駅改札で午後1時半に待ち合わせた。午後3時から入居者決定の抽選会が行なわれるという。

日曜の昼さがりの北越谷駅はのんびりとした感じだったが、券売機の前に嶋大輔《しまだいすけ》みたいな頭をしたヤンキーのボクたちが3人いた。恵比寿《えびす》から延々電車に乗ってきたかいがあった。いろいろ乗り換えて準急とか使えば大手町まで40分らしいが、多分、乗り換え所要時間とか含まれていないものと思われる。ちなみに恵比寿からは1時間30分ほど。思いのほか近い。何を基準にどれほどに思っていたかが問題ではあるが。

地図にない街の地平線

日曜日でバスの本数も少ないし、それに「赤岩入口」で降りてからどう徒歩10分なのか地図もないので、タクシーに乗ることにした。タクシーは駅前のささやかな繁華街を抜け、いかにもニュータウン然とした住宅地に入っていく。道のそこここに「住宅展示場→」「現場見学会←」といった立て看板が立っている。私たちの目指す「ゆめみ野第五」はどっちだ。編集者が、事前に電話で問い合わせた時に口頭で説明された道順をたよりに運転手さんに指示していたのだが、いよいよわからない。地元らしい運転手さんに助けを求めると、さすが、「さっきのとこ曲がるんだろ」と道を引返してくれた。これで一安心と思っていたら、運転手さんが思いもよらない話をしてくれたのである。

「このへんは、あと3年経たないと地図に載らないからな」

ここは、「地図にない街」だったのである。ここに住む人、住もうとしている人たちは、地図のない街から銀色の電車に乗って、都会のコンクリートジャングルもしくは東京砂漠へやってきて、月が出る頃また地図のない街へと帰ってゆく、とてつもなくポエジーな旅人だー。

何言ってんだー。

「このへんのことだよ」と言いながら運転手さんは車を止めた。タク

モデルハウスの場所を教える看板。矢印の方向が大ざっぱ。加えて同じ型の未入居住宅が隣接しているので、辿りつくのは意外と困難。

シーの止まった道のこっち側には白い壁の似たようなちんまりした家が建ち並んでいる。しかし、その道をへだてた向こう側は、草っ原だ。地平線が見えるかと思うくらい草っ原。そこにぽつんとプレハブが建っている。そしてそれが今日私たちが訪ねる物件の現地案内所であった。

タクシーから降り立った私たちを見つけた現地案内所職員は、プレハブから出て迎えてくれた。そのプレハブのバックに広がる草っ原、その彼方に見える山々のシルエット、そしてプレハブの手前の道路にある横断歩道と黄色い旗。この絶妙ともいえるコントラスト。私はカメラのシャッターを切りまくっていた。その間、編集者は職員から何やら説明をうけている。あとで聞いたら編集者（27歳男性）は開口一番「お父さんに買ってもらうんですか」と言われたらしい。2時半に申し込み受け付け締め切りで、3時から抽選が行なわれるが、今のところまだ1人しか申し込みが無いという。今は1時45分、あと45分以内に他の申し込みがなければ、抽選なしで決定だ。せめてあと1人でいいから申し込んで、抽選に持ち込んでくれと祈りながらとりあえずモデルハウスへむかう。

どうもプレハブから結構遠いようだ。たらたら歩いていたら、現地見学者らしい親子連れが車で追い越していった。こうゆうのは、車でくるもんなのか。でもこのへんは車が無かったら暮らせないかも。すでに入居している家には、例外なくカー・ポートみたいなのが家の鼻先に備えてあったし。あと目につくのは、立派な犬小屋。犬、飼っちゃうんだな。さんざん迷ってようやくモデルハウスに到着。これで6000万か、よくわからん。高いんだか安いんだか。壁たたいたりしてみたがな。それより気になるのは、そろそろ受け付け締め切りも迫っているのに、このモデルハウス、人が近づいてくる気配さえない。いや、すでに前日に見て、今日はいきなり申し込みに来るのが通のやり方で今ごろプレハブは「家」信者の熱気でムンムンかもしれない。よし戻ろう。また、たらたらと歩く。人影のない道が続くと思ったら、一輪車に乗った子供の集団がいた。何だかなあ。

　プレハブに着いたが、申し込み者とおぼしき人は1人もいない。中に入っ

草っ原、荒野、という言葉さえ思い浮かぶ。真ん中に残ったこの木の枯れ具合が、またえもいわれぬ感じをかもしだしている。

一輪車に乗った子供達の姿が遠くに小さく見えている。それにしてもこのあたりの冬は寒そうだ。

て状況をきくことにした。やっぱり申し込みは1人、抽選は無しだ。職員は「あなた方が申し込めば抽選やりますよ」と言ってきたが、当たった時のことを考えるとそんな勇気はない。しょうが無いのでアンケートに答えて記念品をもらい帰ることにした。記念品は巻尺だった。

道は、めったに車も通らず人もいない。タクシーなど来やしない。バス停目ざして歩き始めたが、目じるしになるものがあまりないので道がよくわからない。30分かかってやっと辿《たど》りついた。バスで北越谷駅へ、そして東京へ。疲れた、何も無かっただけに、どっと疲れた。

しかし、つじつま合わせをするわけではないが、あそこに犬を飼ったり一輪車に乗ったりしながら暮らしている人たちがいて、今日またその権利を手にした人が1人増えて、あの草っ原にも家が建ち、ちゃんとした地図もそのうち出来るわけで、全国にはこうやって、「信者の持ち家信仰」を成就させるべく「家」の集まり（＝街）が出来ていくようにも思えた。

現地案内所（プレハブ）内に貼られていたポスター。確かに広いかもしれんが。

II

非一流大学入試合格者発表

平成5年3月9日
某私立大学体育館

今回は季節ものということで、大学入試合格発表会場に行ってみた。それもただの合格発表ではない。すごく偏差値の低いところの合格発表である。だから、学校名は言っちゃいけないそうだ。東京都下にある共学4年制の某大学としかいえないが、念には念を入れ、そこの2部（夜間）の合格発表という物件を選んでみた。偏差値は受験雑誌にも明示されていない。ほぼ「無い」と言ってしまっていいだろう。

この時期、入試の合格発表風景というのはもはや風物詩となっている。テレビのニュースや週刊誌の時事ネタとしても欠かせない。しかし、そこに映し出される風景は「合格＝歓喜・不合格＝落胆」という、きわめて単純な天国と地獄だ。特に、テレビカメラが好んで出向き、また週刊誌も〝特別号！〟と意気込んで合格者の全氏名を掲載するという狂乱沙汰《ざた》に及ぶ、最高学府・東京大学。東大の入試合格発表で「泣く」といった感情の極限を表現することは、東大が最高の偏差値を誇る（ま、いろんな学部がある等の細かいところは抜きにして）最高学府であることで、いわば正当化される。大願成就という概念の模範であり、たとえそこ（合格発表の掲示板前）にどんな極端な感情表現をする受験生がいても「東大」ということが免罪符的な働きをし許されてしまうのである。風物詩的に報道される合格発表風景は、それが「東大」でなくてもこの構造に当てはまるもの（合格することが難しい大学）に限られているといえる。

しかし、「合格＝歓喜」という常識が、当てはまらない合格発表風景も存在する。そこでこの「ものすごく偏差値の低い大学」である。

単純な話、ココに合格したからといって感涙にむせび泣く受験生がいたら、それはちょっとマヌケである。意地の悪いことききわまりないが、努力とか教育とか人間というものはそんなもんじゃないはずだ！　ってのも正論だろうが、現実としてそのむせび泣きがマヌケであることもまた事実だ。

日程的なことも考え合わせると、この日のこの合格発表を開始時刻（正午）を待ちかねて見に来る、来ざるを得ない受験生というのはかなりせっぱ詰まっているはずなのである。

ワラをも摑《つか》む状態にあるともいえる。そしてまた、合格したとしても摑めたのはワラなのである。ここには、明らかに「合格＝歓喜」では収まらない複雑に交錯する思いが発生するはずだ。

てなわけで、さっそく行ってみることにした。詳しい道順は秘すことにする。電車で行った、とだけ明かしておこう。私と編集者はその大学の最寄り駅の改札で午前11時30分に待ち合わせた。

閑静といえば閑静、緑の多い豊かな環境といえばそうもいえるが、何もない。学校までの道のいたるところに「パチンコ店反対！」という立て看板やら横断幕が張られている。パチンコ屋も無い街か。

最後は、細い坂道を登り切るといよいよ校門である。中に入る。入ってすぐのところに大きな掲示板が。しかし、そこには何も貼《は》り出されてはいない。人影もほとんどない。おかしいなと思って見渡すと、「合格発表会場は体育館です→」という看板がある。いざ我々は、矢印に従って現場に潜入だ。

土足OKの体育館。バスケットコートが2面とれる位の普通の広さの体育館の四方の壁に合格者を記した紙が貼り出されている。人はまばらだ。20人もいなかったであろう。その人たちが、まるで画廊で絵でもながめるように、その紙をながめている。見つめている気配さえない。中には、何もない体育館の真ん中に、ただ立っている人もいた。

「合格＝歓喜」どころか、感情というものさえ感じられない変な雰囲気だ。一体、どれが受験生で、どれが学校関係者で、どれが関係無い人（それは私たちか）なのか、しばらく観察していてもわからなかった。これはいくら見ていても、これ以上のものは見えないと判断し、体育館を出ることにした。体育館の出口を囲むようにして陣取っていたサークル勧誘の在校生も、一体、どれが合格者なのか判断しかねているため声をかけることもできず、ただ1人2人と見送っている。私たちもその在校生の作った花道を通って外へ出た。

はてさて、どうしたものかととりあえず学食へ行って食事をしてみることにした。なんだそれ。学食は広く清潔でけっこう美味《おい》しかった。テーブルでは、パラパラと在校生が食事をしている。食堂内は全面禁煙らしかったので、そこから「ホール」と呼ばれる学生たちのいこいの場（椅子《いす》・テーブル・灰皿・自販機などがあるコーナー）に移って、ひと休みす

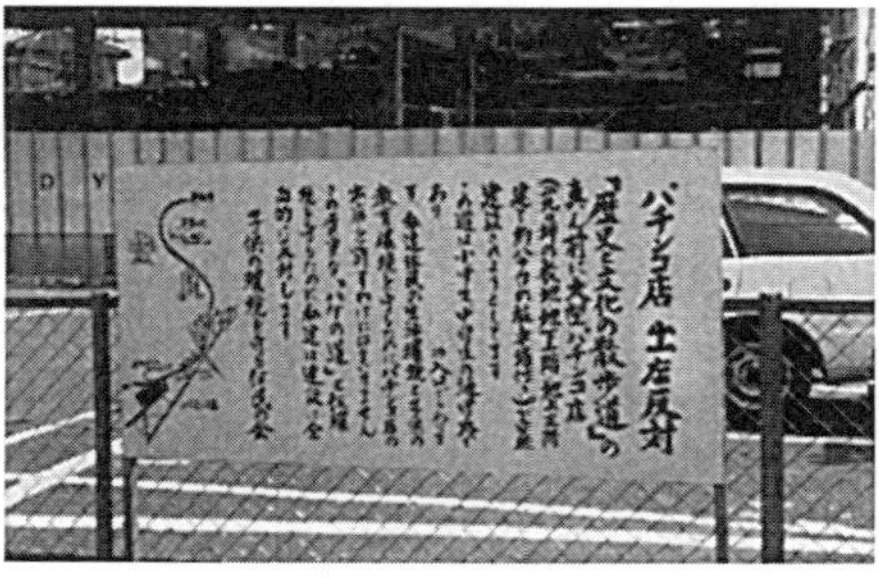

駅からの道すがらにあった看板。かなり広い空地が目立つが、そこを巡っての住民とパチンコ屋の闘いがあるらしい。

ることにした。

帰り道の遠さを思うとなかなか「帰るとするか」の一言が言えずに、長居していたのだが、いつのまにかホールの一角にはオーケストラのサークルとおぼしき一団が集合し、カセットで曲を流しながら譜面合わせのようなことをしていた。みんな真面目そうで熱心である。自分がサークル活動などのキャンパスライフ（死語）と無縁の大学生活を送ったせいもあり、私にはこのオーケストラの学生たちの姿こそが「ビバ！　キャンパスライフ!!」そのものって感じがひしひしとした。そういえば、さっきの体育館のあたりにいた在校生にも、何のサークルかわからないが、揃《そろ》いのスタジャンを着てた一団もいたなぁ。学生会館だろうか、部室が入ってると思われる建物の窓ガラスには、大学生らしい無軌道なラクガキを交えた部名を明示した貼り紙もしてあった。

そう考えると、さっきの合格発表の無感情さと、この在校生の大学生活に対する前向きな「レッツ　エンジョイ！」な感じは、うまくつながらない。

摑んだものがたとえワラであっても、「合格＝歓喜」とはいかなくて

壁に貼り出された合格者名を見ている人。さて合格したのか、不合格だったのか。いや、それより受験生なのか否かさえ不明。

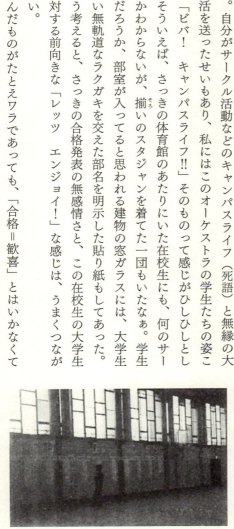

も、この大学へ入学してくる受験生がいる。それぞれ事情は違うだろうが、偏差値によって妥協を余儀なくされた末のこの大学である。多分、この大学の2部を卒業したという学歴は、ほとんど威力を示すことはないだろう。しかし、専門学校や就職ではなくここに来るその理由は何か。ワラでもここは「大学」だからだ。彼らは大学生になるためにココにすがった。学びたいという意欲を持つ者もいる、という前向きな意見もあるだろうが（確かにそういう人もいるだろうが）、どうだろうか。この大学に限らず、夜間部というものの現状を考えると、ちょっと前向きすぎる。そして、入学して大学生になった時、その大学生活を最大限に満喫するのである。ある意味では、最も大学生になりたがっていたのが彼らである、とも言えるんだから。

　偏差値という相対価値のせいと言ってもいいだろう、合格に歓喜の感情を持てなかった受験生だが、大学生となってあのキャンパス内を泳ぎ回り、相対価値から解放される。外へ出れば、またいろいろ相対評価が絡んでくることもあるだろうが、学内にいる限りそこは安住の地だ。キャンパス（内）ライフが前向きであることは、そう考えれば至極当然と

緑あふれるキャンパス内。春の陽光のもと学生生活をエンジョイする在学生たち。彼らの笑顔は屈託がない。

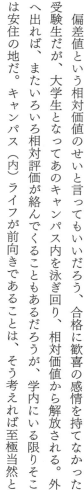

も思える。４年後の就職活動の辛《つら》さなど考えずに楽しみ切るのも、またひとつかもしれない。

幻の毒蝮《どくまむし》ラジオ公開放送

平成5年4月13日
スーパーかわしま練馬《ねりま》本店2F
TBSラジオ「東食ミュージックプレゼント」公開生放送特設会場

毒蝮三太《さんだ》夫《ゆう》のアイデンティティ（そんなもんあるか）が「ババア、ジジィはどうした？くたばったか。ババアも早いとこ追っかけなくちゃな」といったコミュニケーション術にあることは広く知られている。しかし、このコミュニケーションがいつどこで実行されているのかを知る人は少ない。確か昼間のラジオ番組でやってるらしい、というおぼろげな認識がせいぜいである。誰もが知っているのに誰も知らない――もはや「伝説」と呼んでいいだろう。

今月はこの「毒蝮伝説」をこの目で確かめる。年寄りを目の前にし、彼らを「ジジイ、ババア」と呼んでやり、さらに彼らの唯一《ゆいいつ》最大の気がかりである「老い先」についても「短い」もしくは「ない」ものと扱う。そして年寄りは、そう扱われることを確信した上で毒蝮にすがりにやって来る。ここには精神的S&Mの関係が成立しているように見えるが、果たしてそうなのだろうか。見てみないことには分らんからね。

さて、いわゆる「毒蝮のラジオ」は伝説でも幻でもなく、月~金曜の午前10時30分~11時にTBSラジオで連日生中継されている、「ゆうゆうワイド」という生番組の中のワンコーナーである。ま、もはや独立した一番組と言っていいだろう。タイトルは「東食ミュージックプレゼント」。ミュージックをプレゼントする番組だったとは意外である。もはや趣旨がそこにないことは明白ではあるが、いちおう2曲ほど会場からリクエスト曲を募り、オンエアすることにはなっている。

毎日、東京及び近郊都市の主にスーパーや商店街の○○屋さん前などといったところに毒蝮がやって来て、地元のお年寄りとやりとりをしながら、ま、とりあえず曲を流すというのが30分生中継の全てである。中継のほとんどは、毒蝮がそこに集まってきた年寄りをイジることに費やされる。

事前に「昔から、毒蝮のラジオを見に行きたいと思い続けていたファ

スーパーかわしま。2階はカラオケボックスになっている。大手チェーン店にはない"小ぢんまり"感が人気。知らないけど。

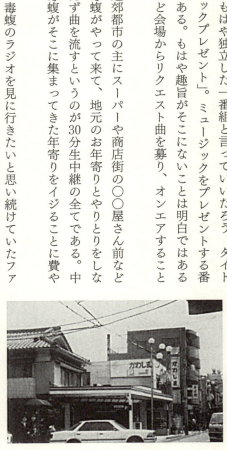

ン」を装い、まむしプロ（毒蝮の事務所）にロケ予定を問い合わせ、検討の末、4月13日（火）練馬区《ねりま》春日町《かすがちょう》・スーパーかわしま練馬本店というのを狙《ねら》うことにした。西武池袋線・練馬駅で朝9時40分に編集者と待ち合わせ、そこから都営12号線という地下鉄で春日町駅まで行き、あとは徒歩3分だ。

なんとかスーパーかわしまに着く。もっと賑《にぎ》やかな商店街を想像していたのだが、結構寂しい。「毒蝮三太夫　御当地参上」と染め抜かれた赤いのぼりが風にはためく。しかし、もう10時をすぎているというのに、そこには人だかりしている様子が見られない。少し不安になりながらも近づいていくと、なあんだ中継はスーパー2階の特設会場で行なわれることになっていたのである。周辺地域には日時と場所と毒蝮の笑顔が描かれたポスターがあちこちに貼《は》られ、新聞の折り込みチラシも入ったらしい。宣伝は万全といえよう。毒蝮来たるの知らせに、この日を指おり数えて待った周辺住民は、すでに2階に陣取っているらしい。私たちも入口でお楽しみ抽選券をもらい（あとでスポンサー提供の食品つめあわせが当る）2階へ上がった。

小さな半円形にパイプ椅子《いす》が7～8脚並んでいる。これを最前列としてあとは立見の人垣がふくれていくのだ。すでにその椅子席には、毒蝮にイジってくれと言わんばかりのジジィ・ババアが座っている。私はとりあえず、全体を見渡せるようなるべく外側へはずれようとしたのだが、係員はとにかく前へつめろと言う。多分人垣の密度のようなものが、中継の臨場感に大きく影響するのだろう。私もいつのまにか3列目ぐらいに並んでいた。一緒に行った編集者は、あっちの方でディレクターかなんかにつかまってリクエストをさせられてるし。「時の流れに身をまかせ」だって。

こうして、立錐《りっすい》の余地もない状態に形成された人垣の中で、毒蝮の弟子「はぶ三太郎」が前説をしている。しかしまむしプロには毒蝮とはぶしかいないらしい。すごい事務所だ。フロアには生放送中のTBSラジオが流されている。本番の5分ほど前、10時25分になると店の奥からいよいよ毒蝮登場。はぶ三太郎に替り、人垣の中心に立つ。何気なく最前列や2列目あたりのお年寄りとすでに軽口をたたきあいながら、年齢やどこから来たかをリ

店頭に貼られているポスター。毒蝮の肌のツヤが妙にいい。このポスターが貼られたら、あなたの街にもうすぐ毒蝮がやってくる。

サーチしている。

スタジオからの「まむしさ～ん」の呼びかけでついに本番突入である。時計はぴったり10時半だ。しかしお年寄りはいつから本番に入ったか、あまりわからない様子。その方が好都合だろう。

毒蝮は、今日の中継場所を紹介したあと「今日も朝早くから、くたばりぞこないのババアが来やがって」と、伝説のフレーズを早くも繰り出す。当のババァはすかさず心底嬉《うれ》しそうに笑う。いわゆる「つかみはOK」の完璧《かんぺき》な形といっていい。毒蝮は必ず、ターゲットに定めたお客さんの、年齢と住んでいる所と名前と、そして配偶者の有無（健在か否か）を聞く。そしてそこから話を広げるのだが、ポイントは年齢と配偶者である。

年寄り年寄りとひとくちに言うが、この日来ていたお年寄りは80歳代メインといっていいほど高齢者であった。年齢も80を超えるとそれだけで話のタネになるものである。毒蝮はそこに「もうすぐだな」「死ぬの忘れてるんじゃねえか」などの必殺フレーズを織り込みながら、確実に毒蝮ワールドを揺るぎないものにしていくのだ。そして配偶者ネタ。「かかぁはどうしたい」「亭主は元気なの？」という聞き方で、必ず最後にたずねるのだ。70～80ともなると、配偶者が存命している確率は5割に満たないだろう。どちらにしても「10年前にくたばったか。そりゃあ良かった」とか「かかぁ働かして道楽か。ろくでもねえじじいが来たもんだよ」と、受けるフレーズはいくらでも用意してあるといった感じだ。

そしてこのあと、意外なことに毒蝮は必ずフォローを入れる。これはあまり認識されてはいないことであるが定石と見ていいだろう。フォローのパターンは3つ。ひとつは、話に出た配偶者の名前を叫ばせるのだ。「アキエ、ありがとう！」「テルコ、聞こえるかー！」というように、生きているならラジオの向うにむけ、死んじゃってたら天国にむけて叫ばせる。もうひとつは、おばあさんに限るが、「年の割には色気があるねぇ」としておいて「オレが呼んだら〝マムちゃん〟て呼ぶんだよ。いいかい。ヨシちゃん！」「マムちゃん！」という掛け合いのサービスである。おばあさん＝かわいいというのが誉《ほ》め言葉のパターンとなっている今、十分に有効なフォローである。最後のひとつは、うまく水をむけて「いい話」を聞き出してやる、というやつだ。それは、80すぎても身の回りのことは何でも1人でやる、でもいいし、嫁と仲良くやってるというエピソードでもいい。毒蝮の「じゃあ、しあわせだねぇ」

まさに毒蝮ワールド。中央のおじいさんの至福の表情。宗教の香りさえ漂う。毒蝮はメシアであるか？

という一言で、これもまた立派なフォローとなるのである。

精神的マゾヒズムや老人の孤独なんてのを持ち出さなくても、ここに年寄りが集まってくる理由は明らかだ。毒蝮は、自分のことを「ちょっといい話」の主人公にしてくれる。この魅力が年寄りを引き寄せるという方が、無理のない構造といえるだろう。「自分が主人公」という考え方は、老若男女を問わず陥りやすい蜜壺《みつつぼ》である、と私は思っているが、若いうちは自力でそこに肩までつかれるけど年とるとなかなか。で、毒蝮がつからせてくれる。もう、私のような若輩者が何やかや口をはさむべきものじゃありませんね。フォーエバー毒蝮。

ドッグショー。トップブリーダーの謎

平成5年4月30日　東京晴海《はるみ》・東京国際見本市会場
「アジアインターナショナルドッグショー」

トップブリーダーって何？

トップブリーダーは、トップなのに何人もいるの？

トップブリーダーは誰？

今月は、今最も謎《なぞ》に包まれた人「トップブリーダー」を探して「'93ＦＣＩアジアインターナショナルドッグショー」へ潜入してみた。

ブリーダーという職業があり、それはどうやら犬を飼育するような仕事らしいということを世に知らしめたのは、ドッグフード「ペディグリーチャム」のＣＭである。「トップブリーダーが推奨する」というキャッチコピーはかなり浸透している。しかし、ほとんどの人が「トップブリーダー」の何たるかを知らない。そんな名称さえこのＣＭで初めて聞いたという状態。何だかわからない人が推奨してるって言われても、それはマギー司郎《しろう》の「この手品、小岩《こいわ》の佐々木さんには評判良かったんだけどね」ってのと同じではないのか。「驚くべきことに、ドッグショーで上位入賞した犬の80パーセント以上がペディグリーチャムを食べていました」とかいうコピーとともに画面に現れるトップブリーダー。「ドッグショー」というのに行けばトップブリーダーがいるに違いない。

会期は4月29日と30日の2日間、会場は東京晴海《はるみ》・東京国際見本市会場C館南館。どこだそりゃ。とりあえず、30日の方に行くことに決め、審査開始の9時に合わせて会場に向かった。

小雨の降る中、たらたらと歩いていくと、ドッグショーに向かう客の一団に追い越された。女子高校生らしき6人組。青春の1日をドッグショーに捧《ささ》げるか。犬好きなんだね。

さて、いよいよ会場が近づいてくると、何かしら活気のようなものが漂ってきた。おでんの屋台も出てるぞ。何故か修学旅行の一群がいる。修学旅行の日程にドッグショーか？

アンケートに答えると1缶くれる。答えてみたかったがもらっても困るのでやめておいた。

意味がわからん。それよりも「ペディグリーチャム」だ。巨大なペディグリーチャムの缶の風船式模型に始まり、いたるところペディグリーチャムだらけ。ちょっとした柵《さく》、ちょっとしたテント、ちょっとした看板など、全てペディグリーチャムのロゴ。出場者記念品引き替え所にはもちろんペディグリーチャム山積み。アンケートに御協力ください、御協力くだされればペディグリーチャム1缶。係員は、ペディグリーチャムジャンパーを着ている。何もないところにはとりあえずペディグリーチャムの旗。特別協賛ということらしいが、この状況の中で優勝インタビューでもされたら、「ペディグリーチャム食わせてました」と答えざるを得ないだろう。

基本的に入場は無料である。会場は大きな体育館という感じだ。とにかくいたるところに犬がいる。それも、素人目《しろうとめ》にもあからさまに〝立派〟な犬がうようよ。

審査を受けるいわばヒノキ舞台は「リング」と呼ばれ、10コほど会場内に散在しているようだ。リングを囲むように、出番を待つ犬たちの休憩所が所狭しと並んでいる。大人の腰程の高さで3分の1畳ぐらいの台に首輪をつなぐための棒が1本立っているという装置を中心に、その犬のオーナー家族が弁当を食べていたりする。この「ドッグショー」というのは、どうやら「ショー」とはいえ、観客の存在を想定した「見せる」構成にはつくられていないようである。あくまでも、被審査者（犬）と審査員の「審査」優先で、第三者はそれを勝手に見ているという図式である。だから、会場内のアナウンスも基本的に出場者（被審査者）を誘導するものばかりだし、素人にはどこで何が行なわれているのかわからない。そんな中、素人には暗号のようにも聞こえる会場アナウンスが流れると、待ってましたとばかりに立ち上がって場所を変える客に、愛犬家界とでもいうべきものの存在を知らしめられる思いがした。

親切なショーアップをされていないにもかかわらず、観客は多い。まさに盛況だ。会場前には次々にバンが横づけされ、ドアがスライドして出てくるのは犬、犬、犬。私は犬の種類などほとんどわからないのだが、でかいな犬って。犬ってこんなにでっかいっけ。馬みたいに大きいという表現があるけど、私はこの日「じゅうたんかと思ったら犬だった」というぐらいでかい犬を見た。

さて、ブリーダーはどこにいるのだ。審査の時に犬を引いて一緒にリングの中を走ったりする人を「ハンドラー」と言うそうだが、どうもこの「ハンドラー」と「ブリーダー」は重複するらしい（少数の〝プロ・ハンドラー〟はいるとのこと）。

ドッグショーの審査規準は主に６つのポイントにある。①タイプ・その犬種の特徴（体形・性質）がよくあらわれているか。②健全性・健康かどうか。骨格、筋肉、歯の噛《か》み合わせなどでチェック。③質・犬種の特色がどれだけ洗練されているか。④バランス・ルックスの調和。⑤状態・当日のコンディション。⑥ショーマンシップ・他の犬より何か光り輝くものがあるか。これらを審査されるらしい。素人には「どうしてあの犬が一番に選ばれたのか全然わからない」のが普通だそうだ。陶器や古美術品の鑑定と同じように、見る目を養わなければならない、だってよ。

審査員は揃《そろ》いの赤ブレザーを着、ハンドラー（ブリーダー）は腕章を目印としている。犬を引いて走る時に邪魔にならないようにか、ブリーダーにはスリムジーンズをはいている人が目につく。ただのファッションセンスかもしれないけど。

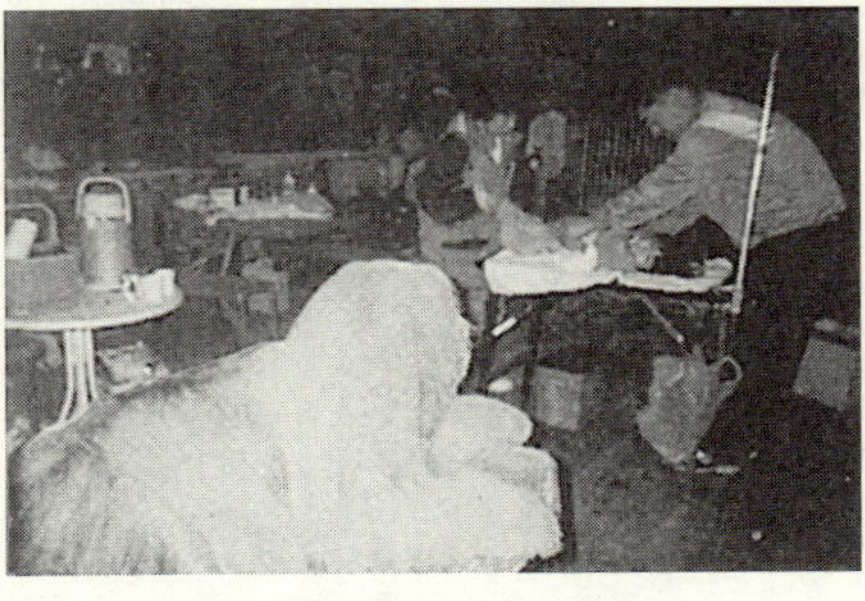

上＝このように犬は会場に搬入される。小型犬はケースに入れられているが、車からわがもの顔で直接降りてくる大型犬もいる。
下＝犬のトリミング台で子供のおむつを替え、その横で弁当を食べるのだ。だんらんの風景。犬も家族の一員だ。

審査は着々と進んでいるらしい。おのおの犬種別の審査が行なわれているのだが、アラスカンマラミュートなんて犬が日本にこんな何匹もいたのかと思う。しかし、大の大人が10人くらい連なってぐるぐると小走りで回っているさまはちょっとまぬけ。それも1人残らず犬をつれている。何か、わざとらしく足取りが軽やかである。ハンドラーの印象も審査員の心証に影響するからだろうか。微笑《ほほえ》みながら走ってるハンドラーもいるな。そんなまぬけ共の中に「トップブリーダー」となる人がいるのである。

犬の種類と同じ数、トップブリーダーは生まれることになる。そしてそれは、毎年増えるのである。累積だ。さらに驚くべきは、ドッグショーというものはいろんなところで年間500回も開催されているというのだ。トップブリーダー、一体何人いるのか。23分に1人トップブリーダーが誕生してるとか、そうゆうことなのか。

いや、「アジアインターナショナルドッグショー」は日本最大のドッグショーであり、「イギリス・クラフトドッグショー」「アメリカ・ウエストミンスタードッグショー」と並ぶ

見上げた犬好き。一人で来ているこの女性は、何やらメモをとりながら観ていた。何者だろう。

「世界三大ドッグショー」のひとつである（と言っている）。日本全国の予選を勝ち抜いた名犬が集結するここは、日本の愛犬家たちの年に一度のお祭りである。少なくとも、ここで誕生したトップブリーダーは「トップオブトップブリーダー」に違いない。飽きちゃってお昼前に帰ってきちゃったので誰がなったかは知らないけど。

しかし、ふと見れば犬がいて、振り返っても犬がいるこの会場は、犬好きにとってはまさに別天地だろう。背中に犬の絵のついたジャンパーを着た女性は、飽くことなくミニチュアダックスフントを見つめ続けていた。

最後に、会場のところどころに中途半端な犬を連れた、中途半端ないでたちの人がいたのだが、これが「見学者」なのである。愛犬をつれて勉強に来ているというのだ。愛犬に向って「おマエもああなりたくないか」と叱咤《しった》しているのか。愛犬家界の奥は深い。

御成婚パレードの人波にもまれて

平成5年6月9日
半蔵門《はんぞうもん》あたりのパレード沿道

さて、遠い昔のこととなってしまった皇太子御成婚騒動。しかし今月のお題は「御成婚パレード」である。

パレードは午後4時15分に皇居を出発する。しかし、私は前日の寝不足がたたりうたた寝をしてしまったのである。目覚めたら午後4時10分。つけっ放しのテレビの画面には「まだかしらねぇ」とそわそわする森光子がうつっていた。

起きてから3分で玄関を出るなど、高校時代以来である。こんな日にこんな時間だから電車はガラ空《す》きかと思っていたらそうでもない。座れない人もチラホラ見えるくらいに、人は乗っていた。三軒茶屋《さんげんぢゃや》から14分で半蔵門駅に着くと、ほとんどの乗客が先を争うように降りた。この人たちはパレード見物の客だったのである。

時計はすでに4時45分をまわっている。ホームに降りた人たちは血相を変えて走っている。階段付近から改札にかけては通勤ラッシュなみの殺気である。改札のまわりにはすでに大量の制服警官が配され、あふれ出てくる殺気立った客を拡声器で誘導している。

地上へ出ると、たしかに大変なことになっていた。人垣の先頭がどこにあるのかさえわからない。もちろんパレードなど見えるはずもない。この人垣を前にしては何も出来やしないということだろうか、話に聞いていた持ち物検査の類《たぐい》はもう行なわれていなかった。しかし若者が多い。あと小さな子供を連れたヤングなファミリー（30歳前後の夫婦＋1〜2歳の子供。ヘタをすると3人でお揃《そろ》いの服を着ていたりする）も目につく。どうも、人垣の最後尾付近でのんびりとうろついている人たちからは、物見遊山《ものみゆさん》の印象しか見てとれない。私は、珍しいくらいに大勢かたまって立っている警官の群れや、人垣の後姿、上空を飛び回るヘリコプター、取りつけられた柵《さく》のロープの結び目、など、目についたものを片っ端から写真に撮りつつパレードの来るのを、一応待った。

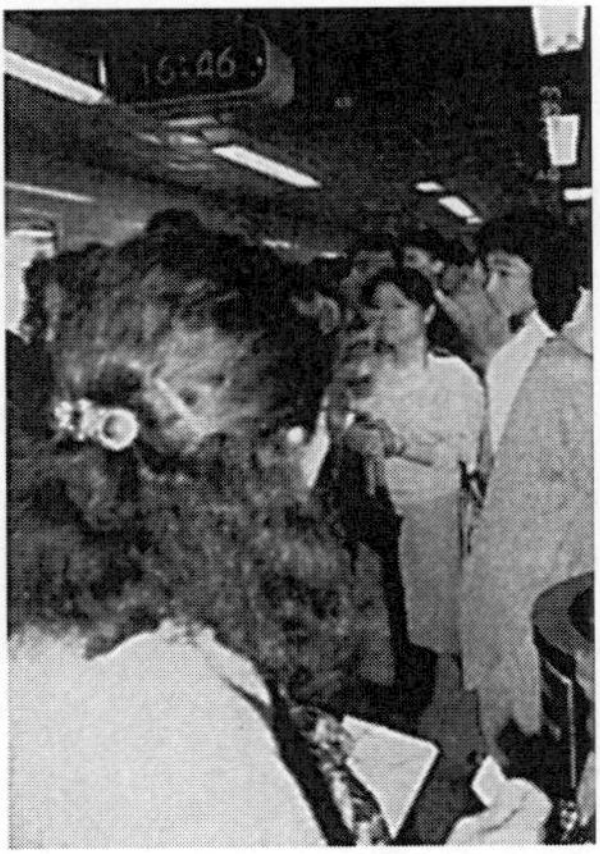

時計は16時46分。もういつパレードが通ってもおかしくない時間だというのに地下鉄改札はこの混雑。

パレードは来た、らしい。というのは、最後尾では「らしい」というウワサしか伝わって来なかったからだ。「通ってんの？　通ったの？　いつ？　今？」という声があちこちで飛ぶ。で、終り。あとは何も通らない。ゆっくりと人垣がバラけ地下鉄の駅へ向かう。が、地下鉄半蔵門駅はあっという間に満タンになり、入口から人があふれる状態に突入。すみやかに入場制限の方法がとられる。地下鉄の入口の様子を見ていると、人波は全く流れる様子がないため多くの人はあきらめたように周辺で時間を潰《つぶ》している。

日の丸の小旗を手に手に持った〝前の方にいた人たち〟に声をかけてみるとする。

私は何人かの人に「いつごろパレードを見に来ることを決めたのか」と「何故、見に来たのか」を尋ねた。「いつごろ」に対してはいろいろな答えがあった。「コースが発表された時」「一週間前」「おととい」「最初から（多分、婚約内定の報道があった時、のこと）」「今

完全にちょっとカン違いしている人。祭り好きなのだろう。ハッピとパッチで正装したはいいが、手持ちぶさたでうろついているだけ。

朝」「紀子《きこ》さまの時来れなかったから次は来ようと決めてた」など。ギリギリの時間の地下鉄の混みようからも、「決心」の時はそれぞれにあったのだろうと思う。が、続く「何故」の問いに対しての答えはどうも歯切れが悪い。一番多かったのは「どうしてって……(連れの友人と目を見合わせて)ねえ」というようなニュアンスの反応。来るということに理由など必要ではない(逆に言えば、〝来ない〟ことには理由が必要である)、何故そんな事をきくのか、という意味に取れた、私には。あとは「めったにない事だから」「雅子《まさこ》様を見たかったから」などの答え。1人だけ「お祝いいたしたかったから」(本人の言葉のママ)と答えた高校生の女の子がいた。さっきも目につくといったヤングファミリーも4組ほどつかまえてきいてみたら、全員同じ答えだったのには驚いた。口を揃えて「子供が大きくなったら話してやろうと思って」と答えたのだ。で、私はこれを聞いた時に、妙に納得がいってしまったのである。「こいつら、思い出づくり野郎だな」と。

最近、たとえばあるアーティストのCDが300万枚売れるとか、ドラマの視聴率が30パーセントを超えるとか、マスなものが極端な加速を

パレード通過直前の警官の群れ。各所に配置されている警官の他に、このようにニラミをきかせている一団がいた。

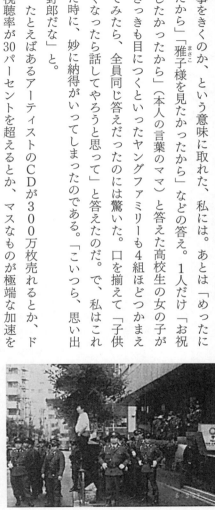

つけてふくれ上がる傾向があると思う。それもだからといってCD全体の売り上げが増大しているわけでもなく、ドラマというもの全体が盛り上がっているわけでもない。メジャーとマイナーの極分化。

思うのは、「主流（流行、とも言い換えられる）に乗る」ことに対する抵抗感の消失の見事さである。抵抗感の有る無し、へそ曲がりと素直、どちらがいいといっているのではない。今の「主流に乗る」若者の何も考えてなさ加減と同じように、10年前の若者の「（とりあえず）主流を拒否する」も、実は考えなんか無かったような気もするし。

パレードの沿道で日の丸を打ち振り「雅子さまー」と叫ぶことは、彼らにとってはただの「主流」なのだろう。「万歳——！」を叫ぶことも同じだ。沿道では黒の礼服に白いネクタイをしめた目つきの鋭い人たちが思想の表現として、日の丸を振り万歳を叫び最敬礼をしている姿もあった。全くの無思想でありながらも、表面的な絵づら（中継のテレビ画面、でもいい）的には思想の人と区別つかないことになっている（ま、ホントは見ればわかるん

パレードの通り過ぎたあと、すみやかな撤収作業。まだ地下鉄に乗れない人があふれる中あっという間に片付けられた。

だけど）という「状態」をどう考えているのか、って。だから何も考えてないんだってばよ。

私は、大勢の人が半蔵門の駅のまわりで帰るに帰れなくても別段平気な顔で延々30分以上も時間を潰《つぶ》している様子を見ていたら、ちょっと暗い気持ちになった。これは私の中のバランスと、主にマスコミの作ったバランスのズレによるものである。沿道に馳《は》せ参じて日の丸を振り歓声を上げることを「ニュートラル」とするマスコミが作ったバランス（来ていた人のほとんどにとっても、それがバランスの規準になっている。だから来たのだ）に対して、私にとってのニュートラルは〝パレードなんかは見に行かないこと〟だ。

この日の夕方のニュースなどで、どこかの公園でものすごく地味に「反天皇制」の人たちの集会も行なわれていたことが伝えられていた。そのヘルメット姿の活動家たちと、沿道で日の丸を振る人たちは、私にとっては（正反対ではあるが）同じなのである。同じ、という言い方はへんか。正と負の違いだけで同

パレードが終り交通規制が解除されると、まず20台以上のペリカン便のコンテナが通過。そのあと高らかに軍歌を流しながらの街宣車が3台通った。

じ数値に思えるのだ。だから自分をニュートラルだと思っている私は、日の丸を振るという行動にものすごく抵抗があるし、ニコニコしながら振ってるのを見ると、何も考えてないとは知りつつも「おいおい」と思ってしまうわけだ。

みんな無思想で日の丸を振れる日本、がどうゆうことを意味するのか、むずかしくてわからん。自分がこうゆう暗いというか嫌な気持ちになっているということは、私は本当にニュートラルなのか。考えるとどんよりしてきて困ったが、人混みから少し離れたところに快楽亭ブラックという落語家（日本唯一《ゆいいつ》の外国人真打ち）を見つけて少しなごんだ。タクシーつかまえて家に帰ったのであった。

謎が謎を呼ぶ、斎藤忠光《さいとうただみつ》とは!?

平成5年7月15日
大井《おおい》町《まち》きゅりあんホール
「斎藤忠光・ピアノインプロヴィゼーション」コンサート

さて、世の中の至るところにぽっかりと口を開けている星の数ほどもある別天地へ皆さんを誘《いざな》うべく、今回も私はある現場へ潜入した。

現場とは、去る7月15日大井町駅前「きゅりあんホール」で行なわれた「斎藤忠光・ピアノインプロヴィゼーション（即興演奏）」というコンサート会場である。

ある時目にしたある雑誌のコラムに、「友人に〝感動するから〟と言われて斎藤忠光という人のピアノコンサートへ行ったけど感動しなかった」といった一文があった。「他の客はみんな感動しているようで、感動しない私はヘンなのかしら」といったような感想もつけ加えられていた。

これは怪しい。宗教やセミナー系のうさん臭さがプンプンとニオう。私は片っ端から「観客が感動して泣いてしまうというピアノを弾く斎藤忠光という人を知ってるか」ときいて回ったが誰一人として知らない。担当編集者に大宅文庫を検索してもらったが該当項目ナシだという。しかし「コンサートはいつも満員」らしい。この局地的熱狂の様こそ、別天地の真髄。私は行かねばならぬと心に決めた。

わずかな情報をもとにあちこち問い合わせ、ようやく斎藤忠光氏の事務所を探しあてた。「IDAKI」（いだき、と発音）という事務所に電話をし、「興味を持っている初心者」を装い今後のスケジュールをたずねると「急に決まったんですけど、明日コンサートがあるんです」との答え。チケットの予約を入れた。

当日。6時開場の6時半開演ということだが、客筋を読むために早目に現場へ到着。ガラス扉で区切られたホール内ロビーが見渡せる場所で様子を窺《うかが》う。開場までまだ10分程間《ま》があるが、客は次々とやって来る。見事に老若男女バラけた客層だ。かろうじて特別目立つのは、中年主婦グループだろうか。別々に来た客同士がやたらとあいさつを交している。

ホール入口部分に立つ看板。きゅりあんホールは品川区立総合区民会館（愛称「きゅりあん」）の８Ｆにある本格的大ホール。

「あ、○○さん、どうも久し振り」とか言って。顔見知り度数、きわめて高しと見ていいだろう。私と同じようにチケットを電話予約している客も多く、入口受付はその対応でかなり忙しい様子だ。受付およびチケットもぎはいかにもボランティアといった感じ（本当にそうかは知らないけど）の山の手風主婦5〜6人でまかなわれていた。やはり、その主婦たちと客もまたやけに顔見知りなのである。

そろそろ開演時間も迫り、ロビー周辺も静かになってきたので私も入場することにした。私の席はほぼセンターの前から30列目ほど。約1000人収容の客席は8割以上埋っている。

まわりをキョロキョロ見回していたら、急に大拍手が起った。ステージを見るとタキシード姿の男が、上手から歩み出てきたところであった。これが斎藤忠光という男か。中肉中背の普通のオヤジである。斎藤氏は、ステージ中央で立ち止り、客席にむかって一礼した。拍手が鳴り止むのを待って、グランドピアノの前に座った。

演奏が静かに始まった。ピアノのことなど知らない私は、氏の演奏を適確に伝える言葉を持ち合わせないが、とりあえずメロディは無い。テンポはあるが、リズムは無い。かといって、アバンギャルド系のノイズな感じではなく、不協和音も無い。一言でイメージを言えば「ピロピロピロピロピロピロ」ってかんじ。何だよそれ。わからんよ。不快な音ではないが、かといって快いわけではなく、退屈ということで（5分で飽きた、私は）だんだん不快になっていく予感がする。

しかし、他の客の様子を見ると違う。身を乗り出しちゃってる。文字通り〝耳を傾け〟ている体勢だ。背もたれに背中がついてないもの。私のななめ前の主婦は、ずっと定間隔でうなずきながら聴いている。いつ終るのか予想もつかない「ピロピロピロ」を、一音も聴き逃すまいと聴き入っているのだ。

これか。この演奏で感動するためにこの人たちはここへ来たのか。しかし、言うまでもないが1曲きいても（15〜20分の長さがある）2曲きいても、心境に何の変化も起りはしない。2曲目が終った頃《ころ》になると、客席で鼻水をすすりあげるような音がきこえるようになる。感涙にむせぶ客がやはり出現していたと思われる。

ここに来る前から思い描いていたとおりである。何の変化もない自分。過剰に反応する信者（これは、私のイメージの中の言葉であり、実際に〝宗教〟の類《たぐい》に価する関係性が存在していたという意味ではない）。

どう考えてみても、あの「ピロピロ」で涙を流して感動するには、何かの変換装置が必要だ。

入場する時にもらったチラシには斎藤氏のプロフィールが記されている。「昭和18年生れ。青森県出身。東洋大学大学院卒。20歳くらいより人間性の開放、生命現象としての健康、創造性等々の人間共通の根源的な問題を探究。13年ほど前に一応の答を得る。同じ頃偶然叩《たた》いたピアノの1個の音が内臓感覚に遭遇し、自己の内面が開かれていくのを経験する。それをきっかけに他の音1個1個についても同様の経験的練習をかさね、即興演奏が可能になった。昭和60年1月より演奏活動を開始する」。以上、ほぼ原文のママである。じっくり読むとよく解らない。非常に抽象的な主旨であるとも取れる。

本篇は間に休憩をはさんで5曲ほど、鳴りやまぬアンコールの拍手に3回ほど応え、ほぼ2時間後コンサートは終了した。客は明らかに満足気だ。ホールの出口付近で若い男性の2人連れが「今日の先生、激しかったね」と感想を述べ合っている。激しかったらしい。1人で来ている風の女性に、私は何気なく「どうでしたか」とたずねてみた。そのひとは何の躊躇《ちゅうちょ》もなく「あー、良かったですぅ。ええ」と答えたのだった。ロビーに出てみると、私はまた意外な光景に出くわす。客がそこで、

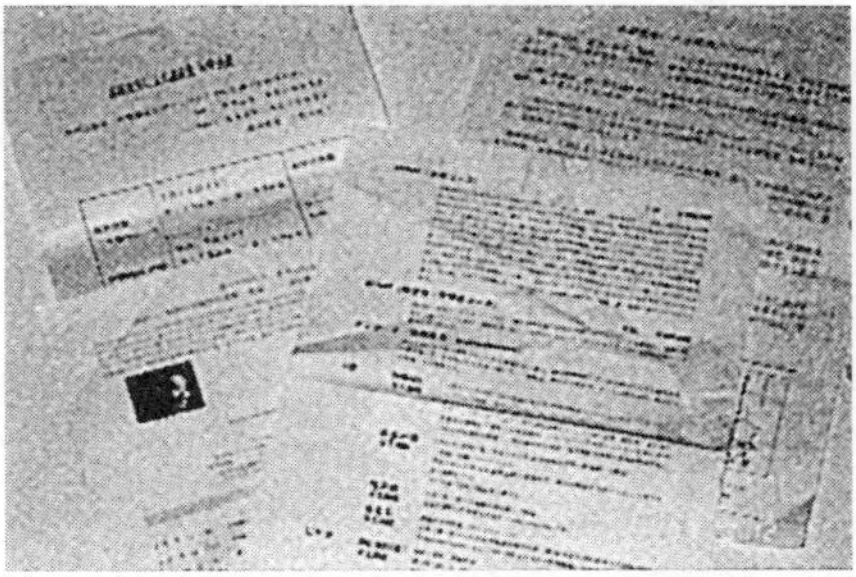

入場時に配られたチラシ類。斎藤忠光氏の謎を解く情報が満載。左下のチラシには氏の御尊顔も。

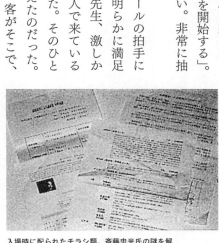

まるで立食パーティの中だるみみたいに「ご歓談」しているのだ。何だこいつらは。私は、あの「ピロピロ」を「感動」に変換させる装置の手掛かりを探すべく、ロビーの一角にある物販コーナーに行った。そこには、CDやビデオ、絵本、写真集などが売られている。CD3000円、ビデオ3000円——安くもないけど高くはない。とりあえず資料用に「生きる」というタイトルの斎藤氏対談集カセット（2000円）と、天才が聞く絵本「8にんのてんにょ」（3000円CD付き）を購入。売り場のおばさんは「生きる」を私に手渡す時、そっとしかし力強く「何回も何回も聴いてくださいね」と言った。ちょっとこわかった。帰ってひと通り見聞きしてみたが、私にとってはやはり何の価値もなかった。

さて変換装置はどこにあったのか。配られたチラシの中に「斎藤忠光による講演会　お申し込み書」というのを見つけた。受講料1万5000円。そしてさらに「IDAKI（全般コース）全7回30万円」という講座もある。これの内容説明を読むと、どうもここで装置がオンになるのでは。しかし、この日の約千人の客が、この講座で装置オンにされたと

コンサート終了後の出口付近。「金返せ。何じゃあのピロピロは」などという人は一人もいない。みんな満足顔だ。

したら（あくまでもそうだとしたらの話だが）30万×1000人で3億円か。なかなかのビッグビジネスだ。

いや、だからどうしたというのではない。30万円の価値のある講演は存在するだろうし、これがそうではないという確証もない。というよりそんな事はどうでもいい。今回の現場が別天地たり得たのは、そうゆう「裏」云々ではなくて、「求める人がいれば〝ピロピロ〟でもオーケー」ということだ。「ピロピロ」でお金を取る人と、「ピロピロ」にお金を払おうという人がいれば「ピロピロ」は立派な価値ある商品として流通する。当り前だけどちょっと忘れていた事かも。私たちの日常でも「ピロピロ」に高い金払ったりしてることはいっぱいある。

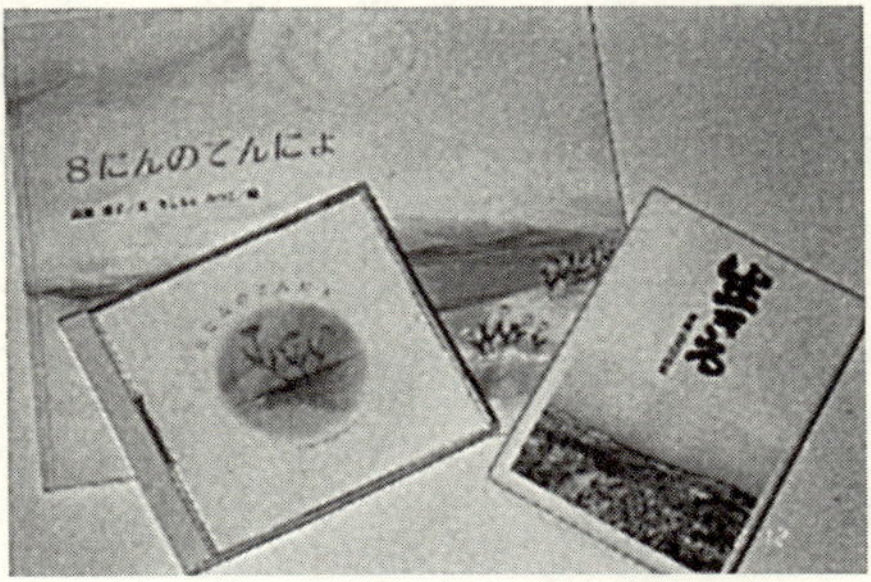

物販コーナーで買い求めた絵本付きCDと対談集カセット。

夢の架け橋レインボーブリッジ開通

平成5年8月26日
芝浦《しばうら》レインボーブリッジ・オープニングセレモニー

千里の道も一歩から。ことわざから入ることもないのだが、世の中にあるあらゆる物・事にも、当然のごとく最初の一歩があったのである。「第一」というものには何らかの価値があることは認められてもしょうがない。「第一」な物・事は「歴史に刻まれる」のである。さて、そうした「歴史」に残る瞬間に立ち会った経験はおありだろうか。私は必死に思い出してみた結果、パンクラス（プロレスの団体名）の船木《ふなき》が10年くらい前に新日本プロレスに入門する時、初めてリングに上がって（会場は青森県弘前《ひろさき》市民体育館）あいさつしたのを見たのを思い出した。船木のプロレス人生の第一歩に立ち会ったわけである。でもこれはたまたまの偶然である。

しかし、いろんなところで伝え聞く「第一」たるところには、それに立ち会うためにつめかける人がたくさんいる。建物や施設のオープニング、道路や橋の開通、海（プール）開き山開きなどもそうかもしれない。未《いま》だ人が足を踏み入れないものを最初に汚すことの快感なのか。そんなマニアックな人はおいそれとはいないと思うが、「オープン記念」や「開通」というものにいても立ってもいられない「物見高い人」は多いと見た。私は、そんな物見高い人たちが集う場所へ行ってみようと思う。

それは8月26日、未来へのびる虹《にじ》の架け橋「レインボーブリッジ」の開通である。芝浦《しばうら》と御台場《おだいば》を結ぶこの橋は、将来の未来型副都心〝東京テレポートタウン〟計画を見据えた新しい交通ルートの役割も果す夢の架け橋だ。こんなパンフレット丸写しみたいな事を書いてもしょうがないか。とにかく、「レインボーブリッジ」という、かなり実質的にも話題的にもメジャーな機関の待ちに待った開通なのである。

レインボーブリッジは二層構造で、上は首都高速が走っている。そして下層には臨港道路と遊歩道、そして平成7年開通予定の臨海新交通（電車）がある。調べたところ開通の時にイベントがあるのは下層にある遊歩道に関してらしいことが判明。言わば、車輛《しゃりょう》に関しては開通した途端平常運行となるのだが、歩き（遊歩道）は仕切られるらしいのだ。当局は混乱を予想して、抽選による人数制限までするという。ハガキ応募で800人を選んだらしい。事前にそんな手間を掛けてでも開通に立ち会いたいという筋金入りの物見高い人が集まるとはありがたい。ターゲットは遊歩道だ。

当日。台風である。何号だったか忘れたけど、東京で一番ひどかったやつの一番ひどい日。レインボーブリッジも出バナくじかれるどころの騒ぎじゃない。編集者と浜松町《はままつちょう》駅近くでおちあい、車で現場へ向う。浜松町駅前の繁華街から芝浦埠頭《ふとう》へ向うが、どんどん寂しくなっていく。この強風強雨の中歩いてる人どころか車もあまり走っていない。不安を抱きながらもアンカレイジ（橋のケーブルを固定する施設。6階に展望台があり7階が遊歩道の入口になっている。御台場側にも同様のアンカレイジがある）に到着。駐車場に入ろうとすると「今日は一般の車は入れない」と言われたので、少し離れた所に車を駐《と》めて戻って来た。

事前の問い合わせによれば、８００人の入場者は別の場所で一度集められ４００人ずつに整列させられてから2回に分けて入場、のはずだった。重ね重ねの混乱防止である。

しかし、もう6時45分をすぎているのにアンカレイジ入口に人影はまばらだ。その整列

ゲート前に並んで開門を待つ人たち。うす暗い蛍光灯の下でセレモニーが行なわれているところ。

させられた800人の固まりが、開通直前にドッと引率されてくるのかと思いきや、どうもそうではないらしい。入口前には雨の中ぽつりぽつりときわめて中途半端な人数が集まって来てはいる。7時の時点で30〜40人ほどだろうか。ささやかである。800枚発行した入場券なのに。

私たちは、もちろん入場券を持っていないので、列の周辺をうろついていた。多分、通常はチケット売り場となると思われるゲート（屋根つき）には、背広を着たお偉いさん、制服姿のコンパニオン、ハデなユニフォームの楽隊（4人編成、トロンボーン、バンジョー、タイコなど）、そして天井からは小ぶりのくす玉が1コつりさげられていた。それが、その入場門《ゲート》の薄暗い蛍光灯にてらされてものすごく貧乏臭い。

さて、セレモニーらしきものが始まった。「プップカプー」とファンファーレが楽隊によって生演奏された。お偉いさんのあいさつもマイクではなく手持ちの拡声器だ。メジャー建造物と思っていたレインボーブリッジの開通イベントがこれか。ちょっとした金持ちの家のお誕生会みたいだぞ。あまりのことになごんでしまった。再びのファンファーレとと

これが楽隊。左はしのトロンボーンの人がリーダーらしい。帽子に光る金色のリボンが哀愁である。

もにささやかにくす玉が割られ、それを合図に列の先頭から入場が始まった。楽隊は陽気な行進曲を演奏。それに歩調を合わせるでもなく、でも合わせてしまいながらタラタラと入場していく客の列は、これはブレーメンの音楽隊か。このイベント、味がありすぎる。

まわりをウロついている私たちに、係員の1人が気づいて声を掛けてきた。この人がいい人で、私たちを「残念ながら入場券を手に入れられなかったけど、でもたまらずにココへ来てしまった善意の市民」と思い込み、中へ入れるようにしてくれたのである。すでに楽隊は演奏を終了していたけど、私たちも中に入った。

通路を抜けて、アンカレイジの正面入口から中へ入る。入口でパンフレットと記念のうちわと「お楽しみ抽選券」をもらう。なかなかきれいな建物だ。全面ガラス張りのロビーはホテル並みかも。自慢の総ガラス張りエレベーターで展望台まで昇る。実は、本当なら展望台で一時すごしたあと遊歩道へご案内、ということだったのだが、台風のせいで遊歩道は閉鎖。結局、この展望台が今日の最終目的となってしまっているのである。

さて、展望台である。確かに出来たてだからキレイではあるが、とにかくもう垢抜《あかぬ》けない。いきなり菓子パンとスナック菓子の自動販売機があるんだもの。田舎のドライブインじゃないんだから。一角にはおみやげ品の売店がある。名菓「レインボーブリッジ物語」

発見。レインボーブリッジTシャツだ。あ、なぜか東京都のカッパのバッジも売っている。その横には、日付と名前を刻印できる「記念メダル」の販売機もある。

「レインボーブリッジ」を勝手に「横浜ベイブリッジ」的解釈していた私が悪かった。レインボーブリッジの空間的意味というかテイストは、そんなものではなく、「東京タワー」だったのだ。すでに、レトロ。これがレトロフューチャーってことなのか。違いますね。

そんな「レインボーブリッジ開通」に集まった人々は、こんな台風の中やって来たという気負いさえも見せず淡々としている。はしゃぎ回る子供もいなければ、文句を言うおやじもいない。今日の全てであるこの展望台をスミからスミまでながめ回す人、すでに自販機で菓子パンを買い食べる人、記念メダルを買う人（売店は黒山の人）、お楽しみ抽選会の福引きの列に並ぶ人、みんな高揚も落胆もしていない。

これが物見高い人たる才なのか。「どんなんかなー、どんなんかなー」と胸をふくらませはしても、勝手な思い込みは極力避けて現場にのぞむ。それがコツかもしれない。未熟な私は、お情けで入れてもら

お楽しみ抽選会は懐しいガラガラ式。ちなみに賞品は、ネクタイ、CD、マグカップ、刻印メダル、つめきり、絵ハガキ。カラくじ無しの大盤ぶるまいだ。

ったくせに「何じゃこりゃ」と怒りかける始末。反省している。お楽しみ抽選会では、一等賞だけど一番欲しくなかった高級ネクタイまで当らせていただきました。

ハガキで入場希望しておき、その権利を手中にしながら当日来なかった人が700人か。その一方、翌日の通常開館の一番乗りを果すために開館数時間前から並んだ人もいたときく。人それぞれ。

売店の一角。Tシャツ、レインボーブリッジ物語、レインボーブリッジの詩、レインボーブリッジ飴など品揃えは豊富だ。

テレフォンショッピング・ショールーム探訪

平成5年10月7日
二《に》光《こう》ショールーム&日本文化センター

もはや安定した巨大な市場を確立してしまった通信販売。かつて通販にまとわりついて離れなかった「うさん臭さ」は、現在市民権を得るに至った「通販」の主流の中には見ることはできない。

かつての「うさん臭い通販」も、まだあるにはある。「ワタシの恥しい写真ゆずります。アナの奥までバッチリよ♡」つって、鼻の穴のアップの写真を送ってくるようなやつ。

このように、かつての「常に騙《だま》される覚悟」を持ってのぞまなければならないものがパブリックイメージとなっていた旧主流に対し、現主流には「騙す気がない」のだ。これが新旧通販の最大の違いだと思う。

そんな中、テレビのスポットCMで商品紹介をする「お電話お待ちしています」式の「テレフォンショッピング」は、微妙なニュアンスを漂わせている。だまされて損するとは思わないが、何か匂《にお》うものがある。しかし、それは実際の信用性からくるものではなく、たとえばあのCM自体のB級さ加減や、「今このカメラを買うともう一台カメラをプレゼント」とか「布団圧縮袋、今なら5枚おトクな15枚セットでお値段はそのまま」といった極端な企業努力というかサービスによる「ツッこみどころ（マヌケなところ）」の多さが原因だろう。

また、紹介される商品にも味がある。世の中に、そんなにも高枝切りばさみを必要とする家があるとは思えないけどしょっちゅう売ってるとか、せっかくの本牛皮でどうしてこんなにチャチなカバン作るんだろうとか。王様のアイデア一歩手前の「便利」への執着と、絶対必需品ではないところの「ゆとり」の追求みたいなところに商品が集中してる。

最近、テレビで流れるテレフォンショッピングのCMを見ていると、複数の会社が「ショールーム」の存在を明らかにしているのだ。ショールームは「居ながらにして電話一本で」というテレフォンショッピングのアイデンティティを自ら希薄にしてしまうことにな

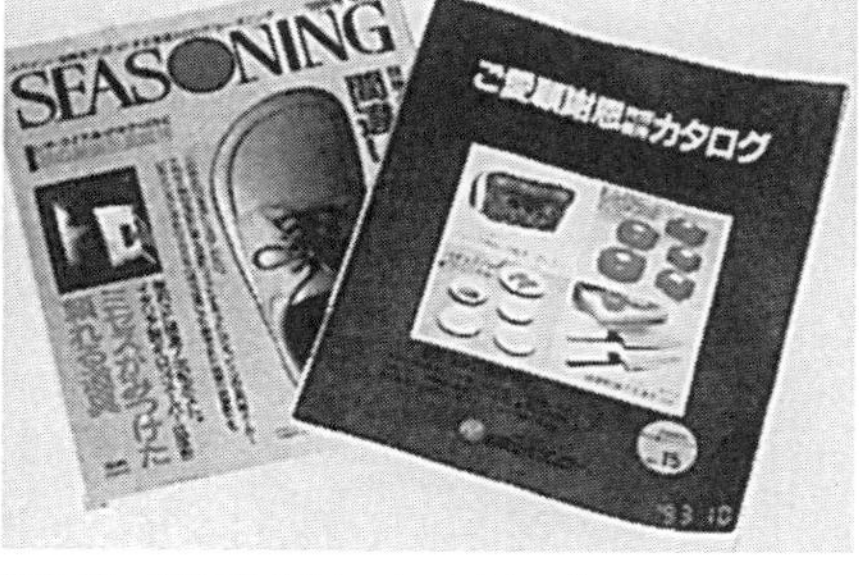

左が二光、右が日本文化センターのカタログ。
テレビでもおなじみの商品が誌面をかざる。

りはしないか。その場で買えるのか。それとも、家へ帰って改めて電話で申し込むのか。どちらにしろへんだろう。とにかく「ショールーム」へ行ってみることにする。

まずは二光ショールームに向った。

地下鉄の小伝馬町《こでんまちょう》駅という降りようと思ったこともない駅を出る。入手した地図によればこの路地の奥だ。その路地は道幅こそ2車線はあるが、日通のトラックがやたらと出入りする倉庫群みたいな感じで、人や一般車の行き来は少なそうである。不安に思いながらも路地を進むと確かにあった。

一応、道に面したところは総ガラス張りになっていて「ショールーム」らしいたたずまいではあるが、「二光のショールームへ行くぞ」と思って来た人以外は来ないだろうというカンジである。ま、とりあえず入ってみる。客は誰もいない。二光の人も誰もいない。入って最初に目につくところにうやうやしく陳列されているのは大正琴《たいしょうごと》だ。2万4800円。他にもテレビで見たことある商品やら見たことはない商品やらが、意外と上品にすっきりとディスプレイされていた。各商品には説明と価格が書き込まれたプレートが添えられていて、これなら係員がいなくてもじっくり吟味できるかもしれない。ちなみにここで商品は購入できない。本当に「ショールーム」なのだ。

急に背後から声を掛けられた。振りむくとワイシャツにネクタイ姿の50がらみの男性社員がいる。「何かお探しですか」とたずねられ、どぎまぎしながらもめったな事を言ったら危険と思い「あのう、中山式快癒器なんかありませんよね」とわけのわからない答えを返してみた。ショールームには私とおじさんだけであり、何か重苦しい空気が流れる。私はいたたまれなくなり「ココ、写真とっちゃダメですよね」と、よりによってな事を口にしてしまった。おじさんは一気にけげんそうな顔つきになった。「ダメです。企業の方ですか？」と訊《き》いてくる。私を日本直販のスパイとでも思ったのだろうか。私はまたドギマギしながら否定したが、おじさんはさらに「写真は何にお使いに……」とつっ込んできた。私は「母が病気で来られなかったもので……」と、中山式快癒器以上にわけのわからないことをまた口にしてしまっていた。完全に怪しまれた私は、おじさんの無言の監視下、隠し撮りすることもできず、退出するきっかけもつかめず、見たくもない血圧計や健康食品を見るふりをしてタイミングを計っていた。

すると奇跡的にお客がもう1人入ってきたのである。その女性がおじさんに何か質問をしはじめたのをこれ幸いと、なるべく平常心を装いながらショールーム脱出に成功。外からガラス張りの店構えを数枚撮影しながら中の様子をうかがっていると、5分もたたないうちに先ほどの女性が出てきた。声をかけて質問をしてみた。27歳で家事手伝いだという その女性は「ダウン肩あて」（布団から出ている首や肩が寒くないようにつけて寝る防寒具）を買おうと思ってショールームに来たと言う。彼女はそれをTVCMではなく定期刊行されているカタログ（「シーズニング」という誌名で年4回発行）で知ってやって来たらしい。私が「フリーダイヤルや切手不要の申し込みハガキもついているのに何故わざわざ」とたずねると、「申し込んでから届くまで待ち切れない」と答えた。せっかちさんだったのだ。ショールームにはせっかちさんが来るとは、ちょっと気づかなかった。結局、ショールームで販売はしていないので5分で出てきたらしい。帰って電話申し込みをすると言っていた。何故か駅とは逆方向へ歩いて行ったその女性と別れ、次のショールームに向うことにした。

日本文化センターのショールーム「ライフプラザ」は新大久保《しんおおくぼ》駅前の目抜き通りに面していて、すぐにたどり着けた。二光のいかにもショールーム然とした整然さに比べて、かなり雑な印象だ。町のディスカウントショップといった感じ。4時半ごろという商店街に買物客があふれる

「二光ショールーム」の店構え。手前にライトバンが止まっている。客を呼び込む意欲は見られない。

時間帯とはいえ、この「ライフプラザ」もかなりの客数で賑《にぎ》わっている。しかし、ここもまた入口正面には大正琴が陳列されている。テレフォンショッピングと大正琴の関係は、今後調査を続けたい。

　こちらはこの場で購入することができる。各陳列商品には価格の他に分割払いに関する説明も添えられている。店員の数は3〜4名ほど。店の広さからすれば少なくはない人数だ。ひっきりなしに客から何か質問されている。

　ここのロケーションや店構えなどから考えると、お客の大半は「通りがかりにフラリと立ち寄った」客と考えるべきだろう。日本文化センターのショールームというより、やっぱり町のバラエティショップである。

　店内の一角にはレジを兼ねた少し広めのカウンターが設置されており、そこで分割払いや配送の手続きをとるのであるが、そこだけが町のバラエティショップとちょっと違うところか。そのカウンターには中年女性客が数人陣取り、同年配の店員と何やら談笑している。空いた席には手続きをするお客が入れ替わり立ち替わり座り、お金を払ったり用紙に

商店街の中に何の異和感もなく溶け込む。「日本文化センターライフプラザ」。入口が開放されていることもあり非常に立ち寄りやすい。

記入したりしているようだ。何かかさばる物を買ったらしい女性が無料配送システムをすすめられている。でも買った当人は「やっぱり持って帰るわ」と決断。「待ち切れないのよね。宅急便は留守も多いし」この中年女性も「せっかちさん」か。

「居ながらにして電話一本で」という手軽さと「実際に確かめぬまま物を買う」というリスクを両てんびんにかけた時、「手軽さ」が優ることでこのテのショッピングは成立してきた、と思う。だから扱う商品も、ある意味で「夢が広がるもの」（実際はともかくうたい文句がつけやすいもの。便利そうだと思って買って実際便利なんだけどそのうち使わなくなるもの——例・温泉たまご器など——がその典型）をよしとしてきた中、ショールームの出現は、夢だけでなく「現実」にも堪えうる商品を扱っているというアピールだと思う。じっくり見られても大丈夫な品質ということなのだろう。でもこの日のショールーム巡りではそんな会社の思惑どおりに活用されているかどうかはわからずじまいであった。ただせっかちさんはテレフォンショッピングに向かない、という事実だけ胸にきざんでおこう。

「ライフプラザ」の店頭ディスプレイ。ネズミ退治機、家庭用赤外線治療器、血圧計などが並ぶ。

発明一匹狼たちの梁山泊《りょうざんぱく》

平成5年11月5日
新大久保《しんおおくぼ》「発明学会」

世の中には数えきれないほど「○○のエジソン」（○○には主に地名が入る。例：南千住のエジソン）と呼ばれる人間がいる。エジソンと呼ばれる人間の共通点は、ただひとつ「発明バカ」である。この「○○のエジソン」には微妙なニュアンスがあり、本当に有意義で重大な発明、開発をした人に冠せられることは少ない。愛すべき人物であるという意味も込められている一方、〝近所のバカ〟にも通ずる「またやってるよ。3丁目の吉田さんの発明が始まったよ」という多少の揶揄《やゆ》も込められている。そこにきて、このところのドクター中松の超うさん臭《くさ》いぶり。いろんな要素が重なり合って、言うところの「発明」はその独特の〝くさみ〟を醸《かも》し出しているように思う。

そこで、今月は「○○のエジソン」が津々浦々から集結するという発明バカの巣窟《そうくつ》、東京新大久保の「発明学会」へ潜入してみた。以前から私は「発明にハマってしまった人」が集う場所を捜してはいた。デパートの催事場で開かれる「主婦の発明展」といったたぐいのものも気にはしていたのだが、山手線の窓から見える「発明学会」の立派な看板を思い出し、ココと決めるに至った。

まず下調べとして資料を入手してみることにした。カンタンに何十枚も手に入った。

正式名称は「社団法人　発明学会」。目的は「アイデアを企業に結びつけて、パテント料が入ってくるように指導し、保護する公益法人です」とのこと（パンフレットより）。要するに入会金・年会費を払って「発明学会会員」になれば、前述のような指導・保護を受けられるのである。ちなみに入会金1万4000円の年会費8000円（発明ライフ年間購読料5000円含む）である。安くもないが、高くもない。かといって妥当と判断する規準もない、というわけのわからない金額である。

しかし、この案内パンフレットの裏一面にのっている「成功者の声」を読むと、この金額に対する思いも変わろ

これが発明学会の入っているビル。同じ通りの少し離れたビルにも分室がある。そちらの方が新しく、こっちはボロイ。（エレベーター無し）

うというものだ。洗濯機のくず取りネットを発明した主婦が毎月200万円の実施料をもらっているとか、静電気でホコリをとるモップみたいなハタキを発明した人はダスキンに1000万円で採用され、その他に月1回出勤の技術顧問に採用された（月俸15万円）だのという「夢のような話」が顔写真と実名入りで並んでいるのだ。

資料を読み込んでみると、「発明の相談」とはいっても、発想・アイデアの段階を指導するのではなく、とにかくパテント（特許）を取るという事に重点を置いているようである。「パテント界の教育リーダー」というキャッチフレーズもあるらしい。

とにかく行ってみなければならない。ありがたいことに毎週金曜日の午前10時～正午に限っては、一般（非会員）にむけて無料発明相談を開設しているというので、そこに行ってみることにする。

JR新大久保駅を出てすぐ左に折れると駅のホームと平行に一方通行の細い道がある。狭い割には楽器屋・ゲーセン・ディスカウントショップなどが立ち並び、にぎやかなこの

なんとも味わい深い入口。人の入ってくるのを拒んでいるような気さえする。一度入ったら抜けられない発明という世界を体現しているのかも。

通りに「発明学会」もある。地図を見ながら進むと「発明学会」発見。

すごく狭い階段を3Fまで上ると発明学会と書かれたドアがあり「相談会場は4階です」という手描きの貼《は》り紙がしてあった。さらに階段を上ると、3Fと4Fの中間の踊り場が壁一面チラシコーナーになっている。ご自由にお取り下さいというチラシが数十種類並び、壮観である。

さていよいよ目的地の4Fである。正面のドアは開放されたままだ。部屋の中が徐々に見えてくる。するととんでもないものが目に飛び込んできた。でっかい神棚だ。発明神社と書いてある。立派な祭壇だが榊《さかき》と一緒に観葉植物のゴムの木も置いてあるのが何なんだか。一瞬ギョッとするも気を取り直して室内に入る。職員らしき人が「相談の方ですか」と声を掛けてくれたので「はい」と答えると、相談申し込み書を書くように言われた。用心のため（何の用心だ）用紙には昔の住所と友だちの名前を書いて渡した。

若い女子職員は私を奥の面接コーナーへ進ませて、手の空いている先生に私を預けた。そこには8人ばかりの先生

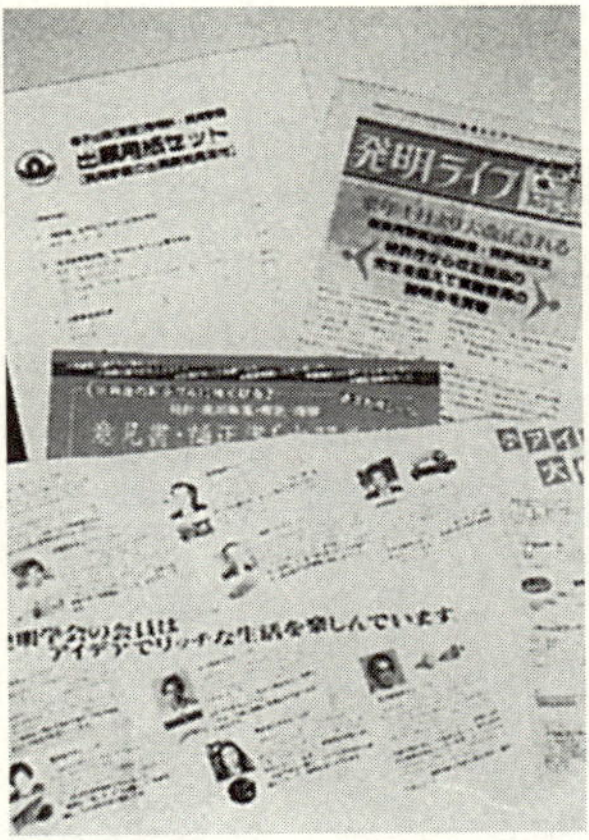

購入した「用紙セット」（左上）と会報誌「発明ライフ」（右上）。他は山のようにあった各種チラシのごく一部。

がいて、机をはさんで相談者と一対一で面接をしている。10時開始の無料相談は盛況で、私が10時10分に着いた時にはほぼフル稼動していた。私は一番奥に陣取った「小林」という名札をつけた初老の男性の前に座った。それにしても、私以外、先生も相談者も全員年配の男性だ。じじいってことだが。発明とはおやじ天国なのだろうか。

さて、さっそく個人相談が始まった。私はここでにわかにあせる。発明に関する相談事など、あるわけがない。小林先生は「さて、どんな相談かな」と身を乗り出している。私はとりあえず「事情があって急にヒマになったので、発明でもやってみようかと思ったけど、何から何まで皆目見当がつかないのでとりあえず〝発明学会〟に来れば何かわかると思って来た」というシナリオを立てた。それに基づき、とにかく「何もわからないんです。先生おしえて」という姿勢で臨んでみた。小林先生はとてもいい人で、しかも「教え好き」と見え、大変ていねいに「特許申請の方法」を教えてくれた。私は、実際に今まで知らなかったことを教わっているおもしろさもあり、しかし多少オーバーに感心しながら「聞き上手」状態になって、さらにいろんな事をきき出す方向へむかった。それによるとこ

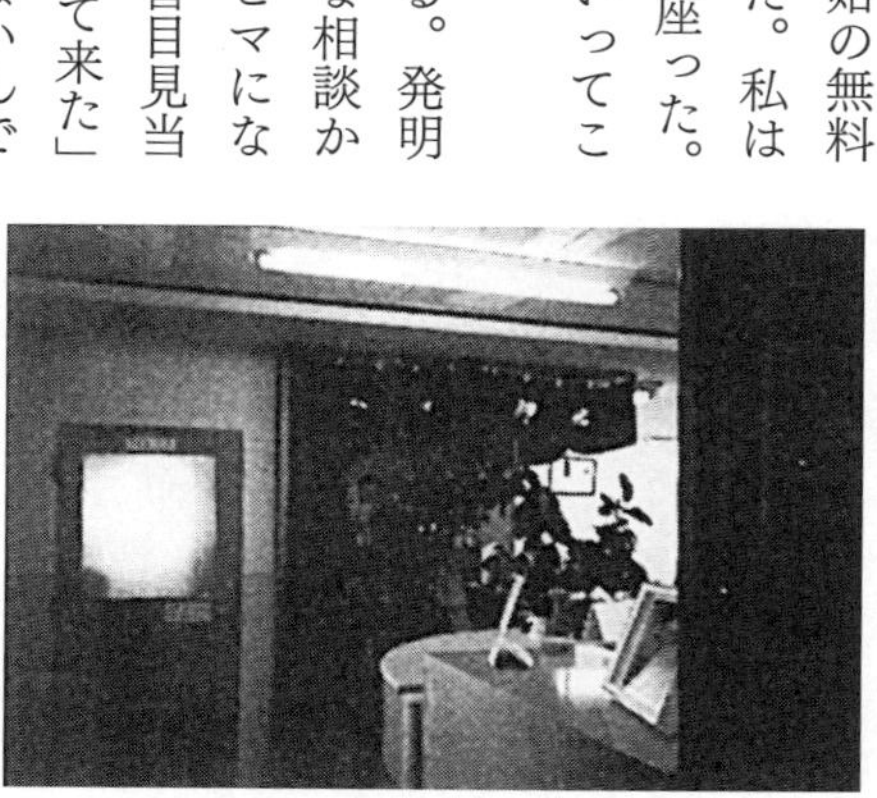

これが発明神社だ。何を祭ってあるのだろう。

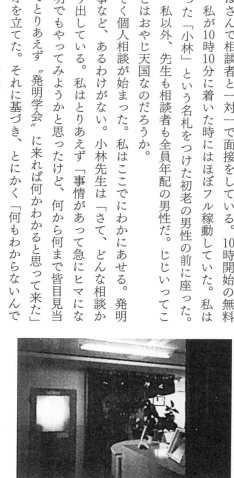

の先生たちは、企業の企画開発室などで「特許」や「実用新案」を担当していた人で定年後ここで先生をやっているそうだ。今日は年寄りばかり相談に来ているが、発明は若い人も興味持つ人が多いと力説。全国各地の会員から寄せられた手紙による相談の束を見せてくれた。あと気になっていた神棚のことをおそるおそるたずねてみた。発明に名を借りた新興宗教では、という拭《ぬぐ》いきれない不安があったからだ。小林先生は「10円でも入れて拝んでみるか。ヒラメくよ」と言った。どうもあの神棚は単なる「伊達《だて》や酔狂」であるらしい。

「発明相談」は順調にすすみ、私は無事立ち去れそうな気配に安心しかけていた。が、小林先生は言った。「で、アイデアあるんでしょ」。私は無いともいえず、少し口ごもったあと思いつきであるアイデアを先生に言った。すると先生は「なかなかいいねえ。特許申請しなさい。ぜひしなさい」とまた申請の方法を説明してくれた。「下に出願用紙が売ってるから買っていって自分で書いてみなさい。書けるから。そして来週また来なさい」という小林先生の言葉に、私は帰りがけに「出願用紙セット」(2000円)を購入してしまった。今ここでそのアイデアが何であるかを明かさないのは、私が本気で出願する気があるからである。ヒントなら教えてもいいかな。ヒントは「コンビニのお弁当のつけもの」。あー、もうこれ以上は言えない。小林先生も「アイデアは他言無用」と言ってたし。何だよ。ハマったか私。私もエジソンの仲間入りってことか。

でもこの「発明学会」は、マヌケなところはあるにせよ、良心的であると思う。無料相談というエサをまいておきながら、あからさまな勧誘もなければ押し売りもしない（私は用紙セットを買ったけど）。もし会員が大発明をして巨額のパテント料や実施料を得るに至ってもロイヤリティを取ったり仲介料を取ることも一切しないそうだ。

あとドクター中松とは全くの無関係であると強調していた。真面目に発明と対峙《たいじ》する発明学会。それもまた味わい深くはある。

正月、初売り、福袋

平成6年1月3日
渋谷《しぶや》東急百貨店・本店8F特設福袋売り場

季節外れもいいとこだが、今月のテーマは「福袋」である。正月の初売りに庶民を熱狂させた、あの「福袋」だ。

2年ほど前から、正月のたびに「福袋騒動」を（買いはしないが）チェックしていた私は「東急百貨店・渋谷本店」に狙《ねら》いを定めた。

初売りのデパートでは、店内あちこちでいろんな福袋が客を待ちかまえている。各階・各売り場（場合によっては各ブランド）が、それぞれに福袋を用意するからである。この細分化は、ある程度中身の統一性を読むことができるということであり、グッチもどきの親父《おやじ》用ベルトからクマさんの顔のついたスリッパまで同じ袋に入っている危険性のある「総合的福袋」より安全といえる。

しかし、それでは「福袋」のダイナミズムが台無しである。「何が入っているかわからない」からこそ「もしかしたら、すんごいものが……」という幻想も持てるわけである。そこで「東急本店」なのだ。東急では、各売り場・各ショップの福袋とは別に、「東急の」福袋を毎年売り出している。ま、「超総合福袋」と言っていい。何が入っているか全くわからない。しかし、抜群の射幸性の高さであるとの「伝説」があるのである。東急の福袋には「目録」が混入されている。その目録には「袋には入り切れないもの」が記入されているのだ。これこそまさに庶民が夢に描く「もしかしたら、すごくいいもの」に他ならない。真偽のほどは確かではないが、「33インチのテレビ」「車」「ダイニングセット（テーブルと椅子《いす》）」などが当った（いずれも1万円の福袋）という伝説もある。人の心の中にある「福袋」という概念を、最もよく体現しているのが「東急の福袋」である、というわけである。

さて、前置きが長くなったが本題に入るとする。東急デパートの初売りは1月3日。開店は朝10時である。かの福袋のために毎年徹夜組も出るらしく、当日開店直前店外にまで

まさに「行列」。ここはだいたい2F付近であるが、これがはるか6Fまで続いている。

伸びた長蛇の列状態はよくニュースで取り上げられたりする。暮れのうちに問い合わせてみると、福袋は8Fレストラン街内特設会場にて1万円200個、5000円1000個限定で売り出されるそうだ。整理券を出すが、列から離れてはいけない、とのこと。考えた末、ま、別に買うために行くんじゃないし、ということで開店1時間前の朝9時に到着してみることにした。

当日、予定通り到着。「ただ今、列の最後尾はこちらでございます」というプラカードを持った店員がいる。そして、店員の立つ出入口に、ぽつぽつと人が入っていっている。まだ店の外まで人は溢《あふ》れてはいないが、「福袋」に夢を託す人たちは間違いなくあそこにいる。私も何故か小走りになりながら行列の人となるべく、列へ向った。

非常階段らしいところに行列はできていた。最後尾は1階と2階の間の踊り場にあり、3列縦隊の太い列はどこまで上へ伸びているのか、もちろん先頭など気配すら見えない。とりあえず列のうしろについて周囲の話に聞き耳を立てる。行列の人たちは、家族連れや親子連れ、中年女性同士の2、3人のグループが多いようだ。年寄り1人というのもちらほら。私の前には、母親（40代）・娘（中学生）・母親の友人という3人組がいて、私のすぐあとに列に加わった40代主婦（単独）と「福袋」話に花を咲かせはじめた。単独主婦は福袋マニアらしく、なかなかの事情通であった。「この列は6階から並んでいるらしい」というレアな情報から、昨年の東急の福袋の話、前日（1月2日）の西武デパート初売りでの西武の福袋の話など耳より情報満載である。そして、そんな事情通に言わせても、「やっぱり福袋は東急」、らしい。

じっと並んでいるしかないわけだが、その主婦のおかげでさほど退屈せずにすんだ。いつのまにか列は伸び、最後尾はもう建物の外へ出ている。取材のためのテレビ局のクルーが2組ほど行列わきの階段を何度か行き来していた。9時半をまわったところで、整理券配布係が姿を現す。「５０００円か1万円、お一人様どちらか一つ」とのこと。6階からの列ときいた時はあきらめかけた購入であるが、買えるんだったらひとつ買ってみようと1万円（の方が射幸性が高いらしいので）の整理券をもらう。まわりの様子では５０００円・３に対して1万円・１ぐらいの売れゆきと見た。しかし限定２００個の1万円袋がよく残ってたなと思ってもらった整理券を見ると、どうゆうわけか「４６６番」のナンバリングが。どうゆうことだ。これ

プラカードに従い、続々と集まる福袋買いの客。期待で胸はいっぱいだ。

はいまだに謎《なぞ》である。

9時45分ごろ、列が大きく前へ進み出した。6階で止められていた先頭が、売り場の8Fまで進んだらしい。一歩ずつ階段を昇る。まるで兵隊アリになったような気持ちだ。あ、結局こうやって階段で8Fまで行くんだ、ということにここで初めて気がついた。非常階段を進む列は、6Fから店内へ入り寝具売り場を横断して、通常の店内階段で8Fへ上るのだ。列の進みは、私が6Fほぼ中央の「Jリーグ毛布売り場」にさしかかったところで再び止まり、福袋販売が開始される10時まで待つことになる。

「デパート夏物語（髙嶋《たかしま》兄とかが出てたすっぽこなドラマ）」で見たのと同じように、10時5分前ぐらいには、「売り場についてお客様を迎えましょう」とか店内放送が入り、いよいよ開店である。

パラパラという感じではあるが、エスカレーターで客が昇ってきはじめる。しかし、6Fは寝具売り場なので、通過するだけ。初売りに店あくの待って、わき目もふらず布団《ふとん》見に来る客なんて、そりゃいないわ。開店前とさほど変わりない状況ではあるが、列はじわじわと進んでいる。

到着してから約一時間半かけて、やっと
ここまでたどり着いた。まさに感無量。

30分ほどかかって、残り2フロア分の階段を上り、ようやく特設売り場が見えてきた。

紅白のハッピ姿の男性社員が列を誘導し、その先の売り場には、同じハッピの福袋ギャル（女性社員）がずらりと並んで待ちかまえている。整理券＋《プラス》代金と引きかえに、やっと念願のブツを手に入れた先人たちが、きびすを返して戻ってくる。その顔は、安堵《あんど》感や目的達成の喜びに溢《あふ》れているかと思いきや、そうではない。何故か真剣だ。それに足早。

足早に特設売り場を離れた人たちは、どこかしら片スミに行って中身のチェックだ。何人か集まって「チェック合戦」状態のところもある。私もようやく1万円の福袋を手にし、さきほどの母娘＋おばさん＋主婦がくりひろげるチェック合戦の輪に加わってみた。

そこでは1万円3個、5000円2個の中身が調べられていたが、ほぼ同じ品揃《しなぞろ》えであった。目録も同じ値段には同じものが入っていた。ちなみに私の福袋の中身を公開しよう。

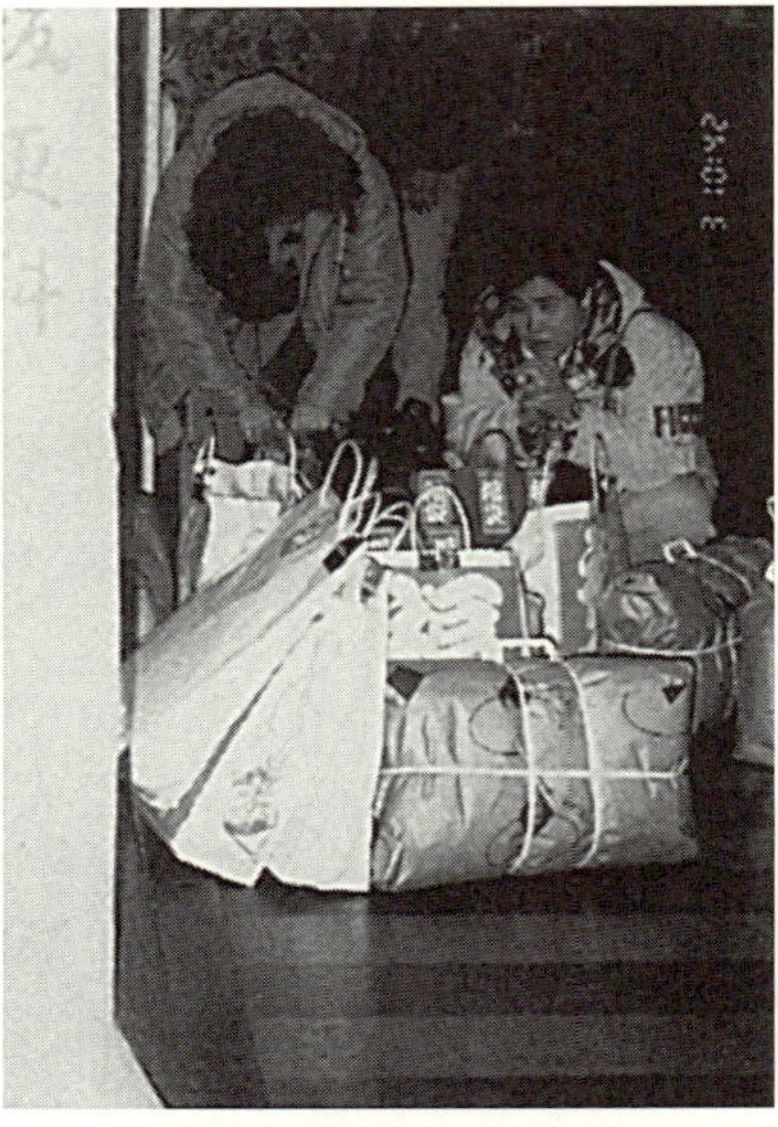

何人できたのか大量の福袋の番をする女性。かなり疲れているようだ。そんなにまでして福袋を買うか。

（　）内は推定の定価である。
○婦人物タートルセーター（5000円）○婦人物ジャカードセーター（4000円）○ダンヒルハンカチセット（2000円）○座ぶとん（1200円）○目録〈サンジェルマンのクッキー詰め合わせ〉（2000円）○目録〈スツール〉（推定不能）以上6点（1万4200円＋α）。
さて、こんなもんである。せいぜい甘く見積もっても2万円。2倍だから文句は言えないが、文句たらたら。しかし、これこそ「福袋」の奥義ではないか。「もしかしたら大もうけかも」→「やっぱり損した」→「ちっきしょう」→「でも自業自得ね」→「ま、正月だからいっかあ」。この揺れ動く心もようが、人をまたひとつ大人にするのである。

風の噂《うわさ》では、大当りはあったらしい。たぶん徹夜も辞さず前の方に並んでいた人に当ったはずだ（客に福袋を選ぶ権利はなく、順番に手渡されるのを受け取らなければいけない）。

しかし、正月の東急本店はすごいな。店内いたるところ福袋だらけ。アクセサリー売場だけでも、各ブランドごとに出してるから10種以上の福袋がある。全館合わせたら百種類ぐらいあると思う。

というわけで、私はまた福袋を買わない人生に戻る。来年から。

古き良き行列

平成6年1月15日
東銀座《ひがしぎんざ》歌舞伎座前・特設前売券発売所

チケットぴあ出現以降、あらゆるチケットはオンライン化され、チケット獲《と》りはコンピューターとの戦いになったと言える。武道館3DAYS計3万9000席が30分でソールドアウトなどという離れワザも、コンピューターだからできることである。

現在の一般的なチケット獲りをチケットぴあ（別にセゾンでもいいんだけど）に見てみると、アクセス法は「電話」と「来店」の2通りである。どちらも発売日（たいてい日曜日）の午前10時スタートで、同じラインでチケットがさばかれる。時報とともに電話しても話し中でつながらず、30分後にやっとつながってみればチケットは売り切れ、というのはよくある話である。

「来店」に関してもいろんな情報が伝えられている。建物が開く時間、あるいは建物入口

からカウンターまで辿《たど》り着く所要時間。さらに店員は何人いるか、アクセスするコンピューターが何台あるか。また、受付開始の午前10時以前に、申し込み書を回収して時報とともにアクセスしてくれる親切なところもあれば、目の前に客がたどりつくまで悠然としているところもあるし、コンピューターのキーボード操作の上手《うま》い下手《へた》も重要だ。もちろん人があまり来ないところも穴場である。

このような「コンピューターシステム」との戦いもあるが、もうひとつは「どんなイベントのチケットと同日発売になるか」も重要である。私も以前、あるライブのチケットを買おうと地元ダイエーのぴあカウンターへ行ったら、劇団四季「オペラ座の怪人」の前売を求めるおばさん8人組が先頭に並んでいてひどい目に遭ったことがある。おばさんたち無理難題ふっかけてるんだもの。1分1秒を争うというのに、13番目の私の番が来た時にはもう11時近かった。

こうして機械（オンライン・システム）やオペラ座の怪人ファンといった、別に関係無いものたちと戦ってチケットを手に入れるのである。ほとんどのチケットがオンライン処理されているわけだが、なかにはそうではないものも残っている。野球、相撲、サッカー等のスポーツが代表的だ。これはという試合の前売には徹夜組が麻雀《マージャン》したりして行列している様子を見ることができる。
同じ目標物を手に入れようとする人間が行列をつくる時に、そこには闘争心とある種の連帯意識が生まれる。誰よりもいい席を獲りたい、君たちには負けないぞという気持ちと、価値観を同じくする者としての仲間意識が交錯する古き良き行列は、現在でもどこかにあるのか。そこで今回は「歌舞伎《かぶき》座」の前売へ行ってみた。

歌舞伎座のチケットは、ほんの一部が「チケットぴあ・セゾン・その他」へ流れるがほとんどは歌舞伎座（松竹）がさばく。毎月15日の午前10時に、翌月1ケ月分の全チケットが発売されるのだ。「チケットホン松竹」へ電話をするか、歌舞伎座に並ぶかの2方法がある。電話と行列のチケットは分配されているわけではなく、同じところからの早い者勝ちだ。

しかし、毎月15日、歌舞伎座には家でぬくぬくと電話のリダイヤルボタンを押し続ける万法をとらずに2日も3日も徹夜をする「現場主義者」が列を成すらしい。最も厳しい条件下におかれる1月2月でも、その数に変わりはないと言う。

ここで9時から整理券を配布する。整理券を手にしたら列から離れてもいい。

まず、1月15日の前日、というか15日の深夜2時半頃、私は歌舞伎座の前をタクシーで通った。正面右脇に雨風をしのげるように、テント地の屋根と白っぽいクロス地で囲われたスペースがあり、その中に人の気配があったことだけを確認した。ここは通常「切符売り場」であり、屋根は仮設ではなく常設である。風よけも冬場は常設らしい。

翌日の朝9時に再び現場へ行ってみる。昨夜見たテントの中には長椅子《いす》とストーブ、ジュースの自販機と日本茶の無料サービスがあり、たいへん恵まれた行列環境である。そこには年配のご婦人を中心とした客が、行列というより寄り合い所のようにたむろしている感じだ。ちょうど整理券を配り終え「行列」が崩れたところらしい。

この日は成人式で祭日だったわけだが、それは行列にあまり影響はしていないようだ。行列に影響を及ぼすのは唯《ただ》一つ、演目と演者の顔ぶれである。ちなみにこの日の発売分2月公演は結構地味で人気薄とのこと。

9時に整理券を受け取った人たちは、10時の発売まではその場を離れてもかまわない。近くに時間を潰《つぶ》せそうな喫茶店も見当たらないのだが、9~10時の間、確実にテント付近の人の量は少なくなっている。どこかに秘密の喫茶店でもあるのか。10時になると整理番号を20番ずつ区切って呼ばれることになっている。その時現場にいなかったら、行列は水の泡ということであるが、特に2ケタ台ぐらいの若い番号をもらう人たちはほとんどが常連さんとのことで、いわばベテランはそんなポカはしない。小さなテーブルに、何日のどの席を希望するかを書き込む用紙とえんぴつ、卓上カレンダーが置いてある。ここで書き込んだ用紙と整理券を持って窓口にのぞむのだ。

そろそろ10時に近くなり、再び人が集まり出した。きちんとした○列縦隊といった行列ではないが、若い番号はテントの中の椅子に掛け、そこから人混みは外へ続いているという形になった。

改めて客層を見渡してみると、おばさんが多いせいか「五木《いつき》ひろしリサイタル」の客と変わりないような気もする。

私は歌舞伎というものを全く知らないので、漠然と抱いていた「高級感」「アカデミズム」みたいなものが見つけられずに意外に思っていたが、同じ頃、歌舞伎座前に次々と横

ストーブで尻をあぶる御婦人。その右にギリギリで写っている横顔の女性が手にしている白いカップは、無料サービスのお茶。

付けされる観光バスから、やかましく溢《あふ》れ出てくる団体客（当日の昼の部の客）の大群を見て「ま、こんなもんか」とすぐ納得したりした。

しかし、テントの中にちょっと様子の違う客を見つけた私は、その人たちに話しかけてみることにした。その人たちは、異常に上品なおじいさん3人組である。3人とも、ちんまりと小さく、際立って小綺麗《こぎれい》だ。年は70歳代ぐらいか。「何番の札、お持ちですか」と話しかけると「わたくしどもは、11、12、13といただきました」と答える。声も喋《しゃべ》り方も、めったに耳にするような代物ではない非日常的なかんじだ。「いつ頃から並んでらしたんですか」とさらにきく。「今月は、おとついの晩から寄せてもらってますよ。こうやって毎月並ぶのも楽しみでねぇ」。呉服屋のご隠居さんとか、あとやっぱり歌舞伎の世界の人、という感じ。「元女形《おやま》の役者」というのが一番しっくりくる。2日間も並んでるのは大変ではないか、と尋ねると「でもここは屋根もありますし、お茶もいただけましょう」と言っていたが。

10時になると発売が始まった。紺のブレザー姿の職員が数人で誘導をはじめる。職員は何かみんな丸ポチャ（男だけど）でおっとりした顔つ

屋根・ストーブ・お茶・椅子つきの行列場所。このへんにいる人達は徹夜組である。

きをしている。誘導もガナったりせずに優しい。整理券を配ってあるし、誘導される方も慣れているのでスムーズである。

不思議な行列だった。顧客が高齢であるということが不思議を発生させるのか。屋根や風よけ、ストーブ、お茶のサービスを用意しながら、しかし客に「2日徹夜」という苦行を強いる。徹夜をしなくてもいいシステムにするのではなく、徹夜を補助することに徹するというのは、現在の方向性としては珍しい。野球のチケットとかでも最近は「徹夜禁止」だったりする。当日まで前売所の近くに人を近付けないように封鎖したりしている。徹夜を安全に管理することの方が、ずっと手間がかかるからである。そう考えれば歌舞伎座はあえて大変なことをしているのだ。全席「チケットホン松竹」での電話予約制に切り換えても文句は言われないのに。何かあの行列、あのテントの中って、病院の待合室に似てたかもしれない。おじいさんも言ってたけど、並んで待つのも楽しみ、だと。

整理券をもらったあと散っていた人たちが10時の発売時間に合わせて再び集まってくる。自分の整理番号を呼ばれた時にいないと無効になる。

高級花「らん」の夢と現《うつつ》

平成6年2月27日
東京ドーム「世界らん展日本大賞'94」

今月は、2月20日～27日の1週間、あの東京ドームを借り切って開催された「世界らん展日本大賞'94」へ行ってみた。

何がわからないといって「らん」ほどわからないものはない。高級というイメージはあるものの、私にとっては数ある花の中の一種類にすぎない「らん」が、ある特定の人たちが形成する世界の中では「特別な意味を持った花」であるらしい。特に「コチョウラン」に関しては大変だ。たとえば宝塚ファンが憧《あこが》れのスターさんに送る花の中で「コチョウラン」の占める割合はかなり高いようであるし、この感じと似た話ではホストもよく「コチョウラン」を贈られるらしい。このあいだテレビで見た「人気ミスダンディ」の部屋にも客から贈られた「コチョウラン」の鉢がズラリと並んでいた。このような、高級だけれどなんか下品な臭《にお》いのするシチュエーションに、なぜか「コチョウラン」はつきものであったりする。

それは「コチョウラン」が「最も高価」な花であるがゆえの宿命なのか、それともそんな「高級だけど下品」な人たちに、いたく気に入られてしまったから「コチョウラン」が「最も高価」な花になったのか。どっちかは知らないが、どっちにしても何故そんなことになってしまったのだろう、という感じだ。もちろんこれは私の個人的意見である。「高級だけど下品」も偏見かもしれない。コチョウランのコチョウランたる正しいゆえんは、別にちゃんとあるのかもしれない。私が知らないだけで。

皆目見当がつかない「らん」の世界であるが、「らん展」に臨む前に、私なりの予想を立ててみた。まず、どう考えてもらんは金になるのではないか。昔、私がまだ幼稚園とか小学校低学年だったころ、祖父の友人が「菊」を〝やって〟いた。幼かったのでくわしい事情は知らないが、どうも年に1度コンテストがあり、それ目当ての菊づくりはほとんどバクチのようなものであるという印象がある。子供ながらに、祖父や祖母とその友人の会話や様子から、そう察していた。どれほどの金額が動く

ドーム全景。箱庭のようであるが、あまり全体の美観は考えていないとも思える。

世界なのかは予想もつかないが、秋にあるコンテストのあと賞を獲《と》れなかった菊を祖父がいつも何鉢か引き取って、その友人をなぐさめていた。その菊は立派でまるでひまわりみたいに大きかったけど、4~5日後には、祖母が葉っぱをむしって天ぷらにして食卓に乗せてしまうのが常だった。「いい菊はやっぱり美味《うま》い」と言っていた。そんなことはどうでもいいのだが、この菊と同じような品種改良、いいもの同士の掛け合わせ掛け合わせでより良い作品をつくり出すといった投機的な趣味（生業《なりわい》にしている人もいるのだろう）。この「菊」の、グレードアップしたものが「らん」に違いない。田舎の「菊祭り」でも、大の大人が真剣にヤマを張っていたのだから東京ドームの「らん展」ときた日にゃ、莫大《ばくだい》な金が動くに違いない。きっと、ジャパニーズドリームを夢見る全国のヤマ師が、いかつい顔でハバを利かせる「非カタギ」的な世界に違いない。イメージとしては、競走馬のセリ市みたいな感じか。私も今回は「らん」を取りまく人々の真実の姿を看破するべく、気合を入れて現場に行こうと思う。

気合は入れてみたが、諸般の事情で最終日に行くことになった。ならばいっそのこと、閉館間ぎわに行くことにする。2月27日午後4時20分、後楽園《こうらくえん》到着。この日は日曜日だったため、この時間馬券場の客の帰り時間と重なって後楽園周辺はかなりの人波であった。

あと後楽園ホールでのキックボクシングがもうすぐ開場の時間でもあり、結構ダフ屋が出ていた。しかしそれもドームの近くまで来ると、人影もまばら、閑散としたものである。やたら警備の係員が目につく。5時で入場を終了させるということらしいので、チケット売り場で当日券を買いちょっと急いで入場する。

回転ドアを通ってドーム内に入ると、いきなり喫煙所のベンチでおばさんグループがまんじゅうを食べている。何か予想外の光景に戸惑いながらも会場（グラウンド内）へ降りるため、スタンドの階段の入口へ行くと、「降りられる階段は決まっているのでそっちへ行け」と誘導されたので内野（1塁）側の階段の方へ。

しかし前から思ってたけど、野球場のスタンドの傾斜は怖い。昔の後楽園球場のジャンボスタンドなど目がくらんだ。人で埋まっていればまだいいのだが、ガランとしていると足がすくむ。階段1段の奥ゆきが長いから踏み外したりすることはないのだろうが。案の定、途中でおばあさん2人組が立ち往生している。年寄りには手すりかなんか無いと危いと思う。それはそれとして、上からグラウンド内を一望する。入場する時もらった案内図を見るとちゃんと考えられたディスプレイになっているらしいが、実際にこうして眺めてみるとごちゃごちゃしていて、筋道《すじみち》がわからない。別に「きれい」にも見えない。目立つのはうやうやしく飾られている「日本大賞」の副賞として贈られるという車（マツダ、ニューセンティア）だけだ。

とりあえずグラウンドへ降りてみよう。客はかなり居る。一応、アーチのかかった「入口」をくぐって進んでみるが、とにかく「らん」だらけなことは間違いないけど、どっちに進むのが正式なのかわからない。ま、右へ曲っても左へ折れても、よしんばそのまま直進しても「らん」しか無いのだけど。

このあたりから、私は「らん」よりも、別なことが気にかかり始める。それは客層だ。私が予想した「全国のヤマ師が集う」は、ハズレらしい。とにかくおばさん、40代～60代の中年女性が圧倒的に多い。それも必ずグループ行動。この女性たちは、いちいち「んまぁー、コチョウランじゃない、橋本さん」とか言いながら花へ駆け寄る。30秒～1分ほど「んまぁー」で始まる感想を述べ合ったあと、「写真、写真。橋本さんもっと花に寄って」「じゃあ次、佐藤さんね、いい？　はーい」と、1人ずつ花と一緒に記念撮影をするのだ。7人グループなら、

このような記念撮影が、いたる所で行なわれている。ちょっとでも花があると歓声をあげて走り寄り順番に撮る。

7人全員が順番に撮り終えるまで、それはくり返される。そしてそれは、歩を進め、違う「らん」に出くわすたびくり返される。カメラは95パーセント以上が「写ルンです」である。あちこちで「カリカリカリ」というフィルム巻き上げの音がしている。

私の予想は完全にハズレていた。この「世界らん展」は、おばさんたちの集う場所であったのだ。「販売ブース」とされた一画には、らん（ほとんどが「コチョウラン」）の鉢や、園芸用品、らんの柄のシルク・スカーフ（趣味悪し）、らんをモチーフにしたブローチ、ペンダントヘッド等のアクセサリー、テレカ、「世界らん展コケシ（どんな物か確認できず意味不明）」、そして「洋らんまんじゅう」が売られ、なるほどちゃんとおばさん向けの品揃《しなぞろ》えである。いや、こんなドームを1週間も借り切って、一流のスポンサー（資生堂、ANA、フジフィルム他）が協賛について行なわれるイベントである。どこかに「うま味」もあるのだろうし、投機的な意味あいで「らん」に関《かか》わっているヤマ師もいるのだろう。が、とりあえずドームのグラウンドをシメていたのは、「花はやっぱりコチョウランよね」と言いながらキラリと金歯を光らせるようなおばさんたちであった。

帰ってから、BSⅡで放送された「らん展」中継番組「らん　美の競演」をビデオでチェックしてみる。司会は自称・無類のらん好き、ジュディ・オング。ゲストはこれまたらん好き女優佐《さ》藤《とう》友《とも》美《み》。ああ、このかんじが、あのおばさん方の思う「ハイソ感」であり、「らんが好きな自分」のイメージなのだろう。「日本ほどらんが日常生活になじんでいる国はない」と、番組の中にでてきたフランス人がいっていた。でも、なじめばいいってもんでもないだろうに。

売店ブース。この日は最終日だったので投げ売り気味。まるでアメ横の魚屋のような状態。

結局は「洋らんまんじゅう」である。

そして、まだ見ぬすっとこどっこい

——あとがきにかえて

この連載も、今回をもってめでたく終了の運びとなった。そこで総括の意味も含めて、まだ見ぬ別天地に思いをはせたい。

毎月、日常社会の価値規準とはズレたところに、「幸せ」を見る、言っちゃあナンだが特殊な人たちが群れ集う「別天地《パラダイス》」を探し求めて来たワケである。毒蝮三太夫《どくまむしさんだゆう》のラジオ公開番組に集う年寄りや、福袋のために正月三が日を犠牲にする人など、いろいろな別天地を見てきた。中でも平成5年4月の「アジアインターナショナルドッグショー」潜入の経験は、のちの「愛犬家連続殺人事件」の報道を耳にするにあたり、何というか「なるほど」と思うところがあった。いや、愛犬家が危い人たちであったとかそうゆうことではなく、むしろ逆で、「犬」というものが介在するとあまりに無防備に心を開いてしまう「無邪気」

の異常さ。それは「ドッグショー」会場でもいたるところに見てとれ、それが妙な連帯感や、イベントとしての盛り上がりを感じさせる勢いみたいなものを構成する要素と、とりあえず受け止めていたのだが。事件を報道したどこかのテレビ局が、犬の散歩をする人に「犬好き」として話しかけ、どれくらい親しくなれるかという実験をしていた。「犬好き」役が男性であったにもかかわらず、愛犬家たちは自分の犬を「かわいい」とほめられただけで気を許し、ほとんどの人から家の場所はおろか電話番号まで聞き出すことに成功していた。信じられない無防備ぶりだが、あの「ドッグショー」の会場を知っていれば非常に納得のいく実験結果であった。

閉じた小世界の異常な常識は、白日のもとにさらされるとやっぱり理解し難い「謎《なぞ》」なのであり、その「異常な常識」を「異常」と自覚できていない住人たちの危いバランスはやっぱりモロい。つけ入るスキだらけ。長々と「ドッグショー」の思い出を書き連ねてきたが、この件で、改めてそのへんのことを実感したことは確かだ。

これまで「これは別天地だ」と思いながらも、実際の取材には至らなかった物件もいくつかある。それは、確かに特殊な公約数を持つ特定の人たちを相手にはしているのだけれど、その人たちは野に散っていて、実際に群れ集う現場が見えないというパターンが多かった。

現実として、様々な情報伝達や通信の機能の発達、多様化によって、言わば「心ひとつにまとまる」のに必ずしも「集い合う」必要はなくなってはきている。最もわかりやすいのは「パソコン通信」あたりだろうか（私はよく知らないけど）。ダイヤルQ²のパーティーラインでもいい。一度も会ったことがなくても強い連帯感で結ばれた、目に見えない「広場（集合場所）」は、無数に存在している。

それと同じ仕組みを持つ「見えない広場」の中で、特に私がひかれたのは、様々な通信教育である。一度も会ったことのない同級生が作る「学級《クラス》」。特に「何でこんなもん習うか」と思わせるキワモノ講座であればあるほど、見えざる同級生同士は特殊な公約数を持ち合っているはずだ。

「ユーモア講座」。一体何をどう教えてくれるのだ。それも通信教育なのに。そしてこれに喰《く》らいついた客（生徒）の真意は。もし実際にこの人たちが集り学ぶ現場があったら、何をおいてでも駆けつけたい私だが、広場はそれぞれの中にしか無いのである。

「秋元康作詞教室」にも、非常にひかれる。巷間《こうかん》言われている、教室側へ対するうさん臭さよりも、やっぱり客（生徒）側に見るべきところは山積だ、と思う。これに関しては、近いうちに私自身生徒になってみるつもりである。虎《こ》穴《けつ》に入らずんば虎子を得ず！　ミイラ取りがミイラに！　別に何を取りに行くというつもりはない。

このような「見えざる広場」を実感するには、やはり自分が「広場の人」となることが一番なのであるが、もう一つ手前の段階で「資料を請求する」という手がある。ワケのわからないDMや、唐突な電話勧誘に、自分のデータ（住所や電話番号、性別、年齢など）がどこから流れているのか不安になるのは当然である。が、それを怖れるあまりに見逃すには惜しいもの（各種資料のことだが）が、ハガキ1枚、電話1本で手に入ることもまた事実だ。こちらが、ひやかしであろうが物見遊山な気持ちであろうが、たとえ悪意を持っていたとしても、資料はもらい放題。

私は新聞・雑誌等で少しでも気になる「物件」を見つけたら、即、資料請求を心がけている。このように無差別に配っているいわゆる「案内資料」は、閉ざされた別世界とこちらの現実世界の間にある扉に開いたのぞき穴のようなものである。全ては見えないが、目をこらせば

まだ具体的な形になっていないが、これまでに集めた資料の一部。「千昌夫とのカラオケ旅行」「話し方教室」「ピエロになりたい人の学校」

かなり見える。こうして私は、次なる「別天地」をうかがっているのである。

この連載はこれで終了する訳だが、締め切りやら諸般の事情で、気になりつつも未だ着手していない物件をあげておきたい。

まず「大正琴」の世界。通信販売のショールームへ取材に行ったとき、その時に行った2つが2つとも一番目立つ場所に「大正琴」をうやうやしく陳列していた。その時から気になっていたのだが、最近、大正琴にも家元制度があることを知り、私の知らないところで「大正琴」は確固たる世界を稼動させていることを思い知らされたのである。大正琴発祥の地・名古屋があやしいとニランでいるのだが。大正琴ワールドの謎は、挑みがいのある物件である。

同じくらい挑みがいのあるものとしては、「上達絶対主義カラオケ」の世界をあげたい。もはやKARAOKEは世界の言葉、カラオケというだけでは公約数は見出せない（ボーリング場によくある、電話ボックス型のカラオケに1人で入っている人には、少し心ひかれるけど）。娯楽の王様、ストレス解消の王様となっているカラオケだが、このカラオケと「上達することだけが全てである」というつき合い方をする人たちがいる。「上手《うま》くなってどうするのだ」という根源的なツッコミなどに耳を貸さず、日々是《これ》精進のカラオケ求道者たち。

いろんなものを犠牲にして、期日までに課題曲をマスターし、時には先生から罵倒《ばとう》すらされながら、一体何を目指すのか。町のカラオケスナックで苦労の成果を披露するためなのか。もはや、「娯楽」の範疇《はんちゅう》を超えてカラオケと対峙《たいじ》するこの人たちのことも、私は放ってはおけない。

とりあえずこの件に関しては、カセットテープによる添削指導で全国展開する「MC音楽センター」から資料・現物（テープ）も取りよせてある。いきなり「MCニュース」とかいって冠二《かんむりじ》郎《ろう》ドアップのタブロイド型会報も送られてきた。

紙数も尽きてきたが、「話し方教室」「市原悦子《いちはらえつこ》ディナーショー」（何をやってるのか想像しただけで、居ても立ってもいられなくなる）、「舞台版・渡る世間は鬼ばかり」（IN芸術座）など、汲《く》めども尽きぬ泉のごとく、「別天地」はキラ星のように存在する。そう、あなたの近くにも。

「I」は「信仰の現場」（「スタジオ・ボイス」H3・12〜H4・12）、「II」は「群小の別天地――すっとこどっこいにヨ

「MC音楽センター」の教材、資料。この冠二郎表紙の会報を時を同じく、手にしている仲間が全国にいる。左下にあるのは会員証。

ロシク」（「野性時代」H5・5〜H6・5）というタイトルでそれぞれ連載していた。事情があり、途中で雑誌を移っての連載であったが、「I」も「II」も同じ〝つもり〟でやってきた。取材をして原稿を書くことはこれがほぼ初めてで、「取材」なんて言ったら怒られそうなくらいフシ穴だらけの観察眼である。私は何も見ちゃいなかった。でもその「現場」を「別天地」とする人たちのえもいわれぬ「すっとこどっこい」ぶりだけは見えたと思う。

本書は１９９４年７月に角川書店より刊行された同名書籍を底本とし、軽微な修正を加え、新書化したものです。

星海社新書 321

信仰の現場 ～すっとこどっこいにヨロシク～

二〇二四年 十二月一六日　第一刷発行

著　者　ナンシー関
　　　　©Nancy Seki 2024

発　行　者　太田克史
　　　　　　おおたかつし

編集担当　戸澤杏奈
　　　　　とざわあんな

編集副担当　前田和宏
　　　　　　まえだかずひろ

発　行　所　株式会社星海社
　　　　　　〒一一二-〇〇一三
　　　　　　東京都文京区音羽一-一七-一四　音羽YKビル四階
　　　　　　電話　〇三-六九〇二-一七三〇
　　　　　　FAX　〇三-六九〇二-一七三一
　　　　　　https://www.seikaisha.co.jp

発　売　元　株式会社講談社
　　　　　　〒一一二-八〇〇一
　　　　　　東京都文京区音羽二-一二-二一
　　　　　　（販売）〇三-五三九五-五八一七
　　　　　　（業務）〇三-五三九五-三六一五

印　刷　所　TOPPAN株式会社

製　本　所　株式会社国宝社

校　　　関
アートディレクター　吉岡秀典（セプテンバーカウボーイ）
　　　　　　　　　　よしおかひでのり
デザイナー　鯉沼恵一（キューブ）
　　　　　　こいぬまけいいち
フォントディレクター　紺野慎一
　　　　　　　　　　　こんのしんいち
　　　　　　鷗来堂
　　　　　　おうらいどう

●落丁本・乱丁本は購入書店名を明記のうえ、講談社業務あてにお送り下さい。送料負担にてお取り替え致します。なお、この本についてのお問い合わせは、星海社あてにお願い致します。●本書のコピー、スキャン、デジタル化等の無断複製は著作権法上での例外を除き禁じられています。●本書を代行業者等の第三者に依頼してスキャンやデジタル化することはたとえ個人や家庭内の利用でも著作権法違反です。●定価はカバーに表示してあります。

ISBN978-4-06-537995-0
Printed in Japan

次世代による次世代のための

武器としての教養
星海社新書

星海社新書は、困難な時代にあっても前向きに自分の人生を切り開いていこうとする次世代の人間に向けて、ここに創刊いたします。本の力を思いきり信じて、みなさんと一緒に新しい時代の新しい価値観を創っていきたい。若い力で、世界を変えていきたいのです。

本には、その力があります。読者であるあなたが、そこから何かを読み取り、それを自らの血肉にすることができれば、一冊の本の存在によって、あなたの人生は一瞬にして変わってしまうでしょう。思考が変われば行動が変わり、行動が変われば生き方が変わります。著者をはじめ、本作りに関わる多くの人の想いがそのまま形となった、文化的遺伝子としての本には、大げさではなく、それだけの力が宿っていると思うのです。

沈下していく地盤の上で、他のみんなと一緒に身動きが取れないまま、大きな穴へと落ちていくのか？　それとも、重力に逆らって立ち上がり、前を向いて最前線で戦っていくことを選ぶのか？

星海社新書の目的は、戦うことを選んだ次世代の仲間たちに「武器としての教養」をくばることです。知的好奇心を満たすだけでなく、自らの力で未来を切り開いていくための〝武器〟としても使える知のかたちを、シリーズとしてまとめていきたいと思います。

2011年9月

星海社新書初代編集長　柿内芳文

SEIKAISHA SHINSHO